星のことづて

御伽草子の再話集

畠山 美恵子

溪水社

はじめに

この本は室町時代の物語の再話集です。

室町時代に数多く生まれた短編物語は、主に語り物として民衆のなかに広がっていたようです。それぞれの語り手により、その都度表現や内容などに差異や変化が生じました。そのため写本や版本として記録された作品には、同じような題名で多くの異本が存在しています。それらすべてが御伽草子と総称されています。

御伽草子という呼び名は、江戸時代に大阪の書肆・渋川清右衛門が、それまで世間で知られていた物語二十三編を、「御伽文庫」と名付けて出版したことから始まりました。渋川版と呼ばれ、有名な「鉢かづき」「一寸法師」「浦嶋太郎」「酒呑童子」「ものくさ太郎」などが含まれています。

室町時代から江戸時代初期にかけて作られた四百とも五百ともいわれる短編物語は、渋川版と同類の物語として、御伽草子とみなされています。

御伽草子は写本も版本もすべて続け字で記されています。膨大な作品を読みやすい現在の活字にしてまとめた本があります。

横山重　松本隆信編「室町時代物語大成」全十五巻（一九七三〜八八）角川書店
横山重編「説経正本集」全三巻（一九六八）角川書店
右記の本に収められた物語の中から、渋川版には入っていない十編の作品を選んで再話しました。説経節の正本（演者の台本）は御伽草子とはいえないのでしょうが、類似した話が御伽草子にも多く存在しているので、室町時代の物語として扱いました。

なお、再話というのは、昔からの物語や伝説・民話などをわかりやすく書き直すことです。私は一人の物語愛好者として、面白いと思った話を、自分なりに短く、読みやすい形に書き直しました。表現を現代の言葉に置き換えたり、主流となる筋に関わらない部分を削ったりしましたが、再話をする立場であることから、できるだけあらすじを変えないようにしました。そのため、今の常識ではとても信じることができない不合理な場面がたくさんあります。しかしそれらも含めて、当時の人々が楽しんだ物語の世界に触れていただくことができれば、さいわいです。

日本の文化を夜空に例えれば、その中に存在している数多くの短編物語が、小さな光を放っている星のようだと感じます。物語が届けてくれる言葉を受け止めることで、これまで御伽草子にあまりなじみのなかった方に、その面白さの一端をお伝えできればと思います。それでこの本の題名を「星のことづて」としました。

目次

はじめに……i
第一話　ルシ長者……3
第二話　俵藤太物語……13
第三話　たなばた……27
第四話　鶴の草子……41
第五話　花世の姫……61
第六話　明石の三郎……87
第七話　甲賀三郎物語……101
第八話　厳島の本地……117
第九話　小夜姫の草子……135
第十話　小栗物語……147
おわりに……177

星のことづて

御伽草子の再話集

ルシ長者

この物語の前半部分［一］は、鎌倉時代に成立した「宇治拾遺物語」の巻第六に、後半部分［二］は巻第七に、ほぼ同じ内容の話が収められています。二つの説話を、最後の［三］で一つの話としてまとめているところが、いかにも御伽草子らしいと思います。

国文学者の市古貞次氏は「御伽草子が物語文学の流れを承けついでいるだけでなく、軍記物や説話集や昔話・伝説など、あらゆる先行文学を手当たり次第に読み物に仕立てようとした」と言っておられます。

また市古氏は御伽草子を「公家に関するもの」「僧侶・宗教に関するもの」「武家に関するもの」「庶民に関するもの」「外国に関するもの」「異類に関するもの」の六つに大きく類別しておられます。

「ルシ長者」は天竺（今のインド）を舞台にした、「外国に関するもの」に分類される物語の一つです。

底本として「室町時代物語大成　第十三」四九二頁から五〇〇頁所収の「るし長者」（個人蔵　寛文から元禄頃　奈良絵本）を用いました。

【一】

昔のお話です。

天竺（今のインド）にルシ長者という人がいました。屋敷の四方にいくつもの蔵をたてならべ、ありとあらゆる宝物を収めて豊かに暮らしていました。長者夫婦には娘と息子があり、屋敷のうちには親類縁者や使用人たちが何千人も暮らしていました。

しかし、どういうわけか、この長者はとてもケチで意地悪でした。貧しい人に一銭も施したことはなく、物乞いや托鉢の僧に一椀の食べ物を与えることもありません。まして寺院に捧げものをし、険しい谷に橋を架け、深い川に舟を浮かべるなど、人々を助けることは全くありませんでした。それでも宝は水が湧くように増えていきましたが、召使たちにはやっと食べていけるほどの手当しか与えませんでした。どんなに欲深いものでも、妻子だけには物惜しみしないものなのに、この長者はただ自分一人だけぜいたくをして、家族のだれにも満足な食事をさせることはなかったのです。

ある日、長者は妻にこう言いました。

「自分のことながらこんなに物惜しみするのは、ただ事とは思えない。きっとケチの神が取り付いているからに違いない。その神をまつって供え物をたくさん並べ、それを後で皆に配ろうと思う」

それを聞いた人々はたいそう喜びました。

長者は吉日を選び、山海の珍味を取り揃え、山の中の鳥やけだものも通わないようなところに運ばせ、召使のものなどはみな帰らせました。それからたった一人で酒を飲み、手当たり次第に食べ物を食べ始めました。本当は神などまつる気はこれっぽっちもなく、思う存分ぜいたくなものを食べたかったのです。いつもは人に見られているので、気のすむまで食べることができない、と思っていたからです。下を向くことができないほどおなか一杯詰め込むと、長者はすっかり満足して、『この幸せは毘沙門天や帝釈天の楽しみにも劣りはしまい』と、すっかり思いあがってしまいました。

この様子を天から帝釈天が眺めていらっしゃいました。このままでは長者がいずれ地獄に落ちることを憐れみ、何とか助けてやろうと思われました。そこで自らを長者の姿に変えて屋敷に降り立ち、こうおっしゃいました。

「山にこもり物惜しみの神を追い出したおかげで、人々に施しをする気持ちを持つことができた。皆の者、蔵の扉を開けよ」

屋敷にいるものはいうまでもなく、いつの間にか物乞いや托鉢の僧たちまでも群れをなして押し寄せ、蔵の中の金銀財宝、綾錦などを運び出してどこへともなく去っていきました。

　すべての蔵がほとんど空になってから本物の長者が帰ってきました。茫然と立ち尽くす長者に向かい、帝釈天はその姿を現して、

「お前の宝を失わせるためだけに来たのではない。このままでは地獄に落ちることを憐れんでこのようにしたのだ。宝を分け与え人々を喜ばせた功徳によって、必ず天上で幸せに暮らすことができるであろう」とおっしゃると天に昇っていかれました。

　財産を失った長者のもとからは次第に人が離れていきました。

　残された長者の家族は細々と暮らしました。

〔二〕

　さて、そのころ都では、帝のお妃が身ごもっていました。けれども臨月を過ぎてもお産のきざしも見えません。帝は心配でなりません。ある夜夢を見ました。

「お妃の胎内におられるのは王子さまです。この方が成人して王位を継がれたら天下泰平です。また帝のご寿命は二百歳にもなられましょう。五色の鹿の皮でお妃の身体をなでればご安産なさいます」

　帝は早速大臣を呼び、五色の鹿の皮を探して持ってきた者に褒美を与える、とお触れを

出すように命じました。

ところで、ここに一人の男がおりました。山に入ってわらびを採り、里に下りて市で売り、生計を立てていました。

ある日、仕事を終えて帰ろうとしたところ、急に雨が激しく降りだしました。谷川はまたたく間に水かさが増し急流となりました。男は流れに足を取られ、あっという間に浮き沈みしながら流されていきました。

「うわー、助けてくれー」

まさに溺れ死んでしまうかと思った時です。どこからともなく生き物が近寄り、男を岸まで引き寄せてくれました。男が目を開けると、そこには白い角の五色の鹿が立っていました。男はうれしさで泣きながら、

「このご恩をどのようにしてお返ししましょうか」と鹿に手を合わせました。

「恩返しをしようなどと思うでない。ただ、この山に私がいることだけは人に話さないでほしい。知られたら必ず、皮をはごうとして殺すものがやって来る。それを恐れ今まで深山の岩の洞に隠れていたのだが、お前が溺れて死にそうだったので助けるために出てきた。決して私のことを話すでないぞ」

男は固く誓って山を下りました。

しかし里に出て市場の人が、

「五色の鹿の皮を持ってきた者は褒美がもらえるそうじゃ」と話すのを聞くと、とたんに鹿との約束を忘れ、役人に申し出ました。

すぐに狩人たちを先に立て、帝の一行が男に案内されて、鹿の住む山に向かいました。鹿は森の奥深くに隠れていたのですが、大勢の狩人たちに取り囲まれて仕方なく姿を現しました。狩人たちは弓に矢をつがえて待ち受けました。

鹿の姿が見えたのでいっせいに矢を放とうとしたところ、どうしたことか弓と矢が互いに絡みついて、引けども引かれず、放とうにも放てません。一同がわけもわからず立ちつくしていると、鹿はまっすぐ帝の前にやってきて、両膝を折ってひれ伏しました。それから静かに言いました。

「こちらにおいでになったのは私の皮をお取りになるためですか」

「その通りじゃ」

「この皮を何にお使いになるのですか」

「妃の安産のためである」

「では、ここに私がいることをどうしてご存じなのですか」

帝がわらび採りの男を指し示すと、鹿は男に言いました。

「お前は溺れて死にそうになった時に助けられ、このご恩をどのようにしてお返しいたしましょう、と言ったが、私はただ、黙っていることだけを誓わせた。それをたちまちのうちに忘れ、殺しに来るとはなんということだ」

男は何も言うことができず、ただうつむいていました。

このやりとりを聞いていた大臣が申し上げました。

「この鹿は天から遣わされたものに違いありません。もし殺してしまったら、お妃さまのお産が危険になるばかりか、帝のお命までも危ぶまれます」

「もっともじゃ。その恩知らずの男を捕らえよ」

男は鹿の目の前で処刑されました。

その時、天から白い雲が舞い降り、鹿を乗せると空高く飛んでいきました。帝をはじめその場にいた人々は、息をのんでこのありさまを見つめているばかりでした。

〔三〕

御殿にもどった帝は、妃の苦しむ様子に胸がはりさけそうでした。するとひとりの侍女が申し出ました。

「ルシ長者という人は今でこそ落ちぶれていますが、昔は蔵にあらゆる宝物をそろえているとうわさされていました。もしかすると鹿の皮が残っているかもしれません」

早速帝の使いが急ぎました。長者はすっかり落ちぶれた自分の姿を恥ずかしく思いながらも、あちらこちらの蔵の隅から隅まで探して回りました。するとやっと一枚、五色の鹿の皮が出てきたのです。長者が自分で御殿に届けました。

帝がそれで妃のおなかをなでると、玉のような王子が誕生しました。

長者には金銀宝石などが下された上に、「ハシ国」という領地まで与えられました。

長者はハシ国で政を正しく行い、昔仕えていた人々が、我も我もと集まりました。長者の娘はもともとたいそう美しい人だったので、隣国の王の妃に迎えられ、たくさんの御子に恵まれて幸せに暮らしました。

貧しい人の気持が分かるようになっていた長者は、慈悲の心を最も大切にして国を治めましたから、民から慕われました。百二十歳で息を引き取るときの様子は、まるで眠りにつくようでした。そのとき空には紫色の雲がたなびき、中から美しい音楽が鳴り響いて、よい香りが一面に漂いました。まさにかつて帝釈天が言われたように、長者が天に迎えられたのだと誰もが信じました。

長者の跡は息子が継ぎました。父にも増して善い政を行ったので、国はますます栄えました。

さて、帝は王子が十五歳になったときに位を譲りました。新しい帝の下で天下の太平は続き、民は安らかな日々を送ることができました。

夢のお告げの通りに、先の帝が二百歳の寿命を全うしたのは、本当にめでたいことでありました。


（終わり）

俵藤太物語

実在した武将・藤原藤太秀郷を主人公としたこの物語は、御伽草子の「武家に関するもの」の一つといえます。藤太は勇猛かつ知略に優れた武将として今でも人気があり、歌舞伎や小説、映画などにも登場しています。

藤太が竜宮から贈られたという鐘は三井寺にあり、環境省の「残したい日本の音風景百選」の一つに選ばれています。

もう一人の主人公である平将門は、この物語では悪役として描かれていますが、いろいろな見方があり、その違いは興味深いところです。

底本として「室町時代物語大成　第九」一四二頁から一七二頁所収の「俵藤太物語」(慶應義塾図書館蔵　寛永頃　刊本)を用いました。

【一】

昔のお話です。

平安時代、朱雀天皇の御代に活躍した、藤原藤太秀郷という名高い勇者がいました。この人は、大化の改新に手柄のあった藤原鎌足の子孫で、近江（今の滋賀県）の田原の里に住んでいたことから、田原藤太と呼ばれ、宮中に仕えていました。

ある日のこと、父がいつもより機嫌よく酒まで勧め、

「わが子を自慢するのは気が引けるが、お前はとても優れた人物だ。男は先祖の名誉を受け継がねばならん。わが家には鎌足大臣から伝えられた霊剣がある。今これをお前に譲ろう。この剣を大切にして、いつの日か手柄をあげよ」と藤太の前に、三尺余もある黄金造りの太刀を置きました。

藤太はあまりの嬉しさに三度も押しいただきました。

それからは一層武術に励み、その豪勇に並ぶものはいなくなりました。

そのころ近江の国、瀬田の唐橋に大蛇が現れて人々が通れず困っていました。藤太は不審を抱き、その場を訪れてみました。

見ればまさに、身の丈二十丈もあろうかという大蛇が、橋の上に横たわっています。両

眼が輝くさまはまるで太陽が二つ並んでいるようです。頭には十二の角が生え、口の上下に生えた牙の間から伸びる舌は、炎のように真っ赤です。普通の人ならそれを見ただけで気を失うところですが、藤太は少しもひるまず、大蛇の背中をずんずんと踏みつけて橋を渡ってしまいました。その間大蛇はじっと横たわったまま、少しも動きませんでした。

その夜、藤太が宿屋で休もうとしていると、宿の主人が、女が一人訪ねてきております が、と告げました。庭に出てみると、二十歳くらいの女がひっそりと立っています。その黒髪は流れるように肩にかかり、肌が白く輝いて、暗闇の中に浮かび上がって見えます。このような夜更けにやってきたわけを問うと、女はそっと近寄り静かな声で、

「私をご存じないのも無理はありません。私は今日、瀬田の唐橋でお目にかかった大蛇の化身でございます。この国が造られたはるか昔から、琵琶湖には竜宮がございまして、私はそこに住んでおります。あるときから三上の山に大きなムカデが棲むようになり、私の一族を食べ始めたのでございます。この宿敵を何とか滅ぼそうと努力しましたが、私どもの力ではどうすることもできませんでした。もし人間のうちにしかるべき器量の人がおられたら、手助けをお願いしようと、瀬田の橋に横たわり、行き来する人たちをうかがっておりました。これまで私の姿に恐れをなして、近づく人はありませんでしたが、今日のあなた様のお振る舞いに感服いたしました。どうかお力をお貸しください」と、心を込めて

頼みました。

藤太は胸の中で『これは難儀なことだ。人間でもないものがこうして頼んできたものを断るのは気の毒だ。といって仕損じては不名誉であるばかりか、先祖、子孫の恥ともなる。だが、これは神仏の導きがあってのことに違いない』と決心を固め、ムカデ退治を引き受けました。

そしてすぐに先祖伝来の霊剣を身につけると、愛用の大弓を脇挟み、磨きぬいた三年竹の大矢を三本だけ手にして、瀬田の唐橋に急ぎました。

琵琶湖の波打ち際に立って見渡すと、三上の山に稲光が激しく光るのが見えます。さてはムカデの化け物がやって来るな、と待ち構えていると、程なくして雨風が渦巻き、そのかなた、比良の山並みに二、三千ものたいまつのようなものが焚き上げられると山も谷も鳴動し、その音は、何千万もの雷が一時に鳴り渡るほどです。けれども藤太は少しも騒がず、弓をきりりと引き絞り、敵の眉間の真ん中と思われるところに狙いを定めて矢を放しました。けれどもまるでくろがねの厚い板にはね返されるような手ごたえで、射貫くことはできませんでした。二の矢はさらに力を込めて射かけましたが、これもはね返されました。残るはあと一本。藤太はすべての思いをこの矢にこめ、矢じりにつばを吹きかけ『南無八幡大菩薩』と祈りながら、よっぴいてひょうと放ちました。今度はまさに手ごたえがあった、と思ううちに、二、三千もあると見えたたいまつが一度にぱっと消え、雷鳴もまたたく間に止みました。

灯りをつけてよく見ると、目の前に巨大なムカデが伸びていて、たいまつに見えたのはムカデの脚でした。最後の矢は眉間を刺し通し、のどの下まで貫かれていました。この矢がムカデを倒すことができたのは、藤太の力が優れていたことはもちろんですが、唾がムカデにとって強い毒であることにもよりました。

これほど世の中を恐れさせた化け物が、こののちも災いになってはならないと、藤太はムカデの体をずたずたに切り刻み、湖に投げ入れました。

[三]

次の夜、再び昨夜の女がやってきました。

「あなた様のお力によって宿年の仇を倒していただき、誠にありがとうございました。このご恩に報いることは到底できませんが、私が持っておりますものをせめてお礼にと持参いたしました」と涼やかな声で言うと、巻き絹二巻、口を絞った俵、赤銅の鍋を差し出しました。

「これはまことにありがたい。私にとっても手柄をあげることができ、名誉なことであった。宝物までいただき、喜びの上の喜び。かたじけない」

「この度の喜びは私一人だけのものでなく、琵琶湖に棲む千万のものの喜びでございます。いつかこのご恩に報います」

そう言うと女はすっと姿を消しました。

後に、もらった巻き絹で着物を作ったところ、裁っても裁っても元の長さに戻っていました。赤銅の鍋からは何でも望む料理が湧き出ました。また俵から米を取り出すと、すぐに上まで米で満たされました。このことから人々は田原を俵と言い換え、『俵藤太』と呼ぶようになったのでした。

数日後、月の明るい夜のこと、また先日の女がやってきました。この前よりさらに美しい着物姿で、さながら天女のようです。

「一族のものがこぞってご恩を感じております。本来なら皆が揃ってこちらに伺い、お礼を申し上げるべきでございますが、それは難しゅうございます。大変恐れ多いことではございますが、私どものすまい、竜宮においでいただきたいと、お迎えにまいりました」

藤太はしばらく考えてからうなずきました。

満々と水をたたえた琵琶湖に深く入っていくと、しばらくは暗闇が続きましたが、いつしか地上と変わらない国に着きました。黄金色に輝く門の中に、宝玉をちりばめた宮殿がそびえています。門から中に入ると竜神たちが立ち並び、頭を下げて藤太を迎えました。真ん中の広い道の両側にたくさんの木が植えてあり、色とりどりの花が咲いています。話に聞く極楽とはこのようなところか、と思いながら進むと、宮殿に昇る階段がありました。

宮殿の大広間に置かれた椅子に藤太が座ると、厳かな音楽が流れ、竜王が一族を率いて現れました。挨拶を交わしたのち竜王は、宿敵を倒してもらった礼を述べ、黄金のよろいと太刀を贈りました。将来これをもって朝敵を滅ぼし、将軍になられるでしょう、と予言しました。また、赤銅でできた釣鐘を運ばせました。

「この鐘は久しく竜宮の宝として大切にしておりましたが、どうぞお持ち帰りください。鐘の音は、聴く人の悩みをたちまちのうちに消し去ります。日本国の宝となさいませ」

「それはありがたいが、これほど重いものを運ぶことはできません」

「弓矢で敵を滅ぼすことについては、わが一族は及びませんが、このようなものを扱うのは慣れております。ご心配には及びません」

釣鐘は多くの魚たちによって、どこかへ運ばれていきました。

宴が始まり、楽しい時間が過ぎていきます。藤太は、昔から伝わる浦島太郎の話を思い出していました。竜宮でたった三年過ごしたはずが、地上に戻ると三百年経っていた、という言い伝えです。藤太は気を引き締め、

「私は朝廷に仕える身分です。しかも年老いた両親もおります」と、いとまごいを述べました。最初は強く引き留めた竜王も、藤太の決心が固いと分かり、瀬田の唐橋まで送り届けてくれました。

すぐその足で父の家に行き、これまでの出来事を詳しく話すと、両親はとても驚き、また喜びました。大きくて重い釣鐘をどうしたものかと父に尋ねると、三井寺に寄進するのがいいだろう、と助言しました。

三井寺に申し出ると、喜んで引き受けてくれることになりました。

いよいよ明日が奉納という日の夜、藤太が唐崎の浜に出てみると、いつの間にか竜宮から鐘が運ばれてきていました。ここまではいいが、この先三井寺まではどうやって運ぼうか、と思案していると、湖の中から一匹の蛇が現れました。と見るうちに鐘の竜頭を口にくわえ、やすやすと寺の庭まで運んでいきました。

鐘は、

『諸行無常　是生滅法　生滅滅已　寂滅為楽』

と鳴り渡り、その音色は聴く人の心をいやすといわれています。

[三]

その後しばらくして藤太は任国の下野（今の栃木県）に赴き、治安の安定や産業の育成に努めたので、国は格段に豊かになり、また藤太も人々から尊敬されました。

そのころ、下総の国（今の千葉県、茨城県の一部）に平将門という武将がいました。一族の所領争いで、伯父の平国香を討ってから勢いに乗り、自らを新皇と称して朝廷に反旗を翻しました。将門が近いうちに大軍を率いて都に攻め上るらしい、と聞いた藤太は、自分の目で確かめようと、下総に向かいました。

藤太が将門の屋敷の前で目通りを願うと、将門は身支度も整わないままの、乱れ髪、寝間着姿で姿を現しました。藤太を招き入れると、程なくもてなしの宴を催し、自分も食べ始めましたが、袴の上にこぼれた食べ物を手荒く払って捨てるのでした。藤太は、将門が一国の王たるにふさわしくないことを確信しました。

下野に戻った藤太はすぐに都に上り、宮中に参内しました。

「平将門が謀反を企てております。討伐軍の一員にぜひ加えていただきたい」

帝をはじめ宮中の人々は驚き、詮議の後で、まずは藤太を下総に向かわせました。

その途中、三井寺に立ち寄った藤太が神仏に祈りをささげると、風もないのに仏前の帳が激しく揺れ、社殿の前の狛犬が震動しました。それを神仏の加護のあかしと感じて、足取りも軽く東国へと向かいました。

平安の都になってこのかた、戦の経験がない内裏では大騒ぎとなりました。なんとか、討伐軍の大将に藤原忠文、副将に平貞盛が任命され、東国へと出発しました。

藤太の兵と併せて三千の将兵が、利根川をはさんで将門の軍と向かい合いました。将門は弟の将頼、将平とともに四千の兵を率いています。

最初に平貞盛が馬に乗り、一人で進み出て名乗りをあげました。将頼がこれを弓で迎え撃ちましたが狙いが外れ、貞盛の馬の背中に突き刺さりました。馬は屏風を倒すように倒れました。それからは両軍が入り乱れての戦いでした。将門自身もよろいかぶとに身を固め、葦毛の馬に乗って現れましたが、その姿はまるで普通の人とはかけ離れていました。身の丈は七尺（約二メートル）。全身金具で覆われ、眼光鋭く、左目には瞳が二つありました。そしてなんと、全く同じ将門の姿をした武者が七人もいるのです。これではどれが本当の将門かわかりません。

戦は夜まで続きましたが、将門の勢いが強く、討伐軍は退くほかありませんでした。藤太は、将門に正面から挑むのは無理だと気づきました。将門が短慮の人物であると見抜いていた藤太は、ここは策略をもって攻めるしかないと考え、貞盛と相談して単身将門の屋敷に乗り込むことにしました。

へりくだった様子を装い、お仕えしたい、と申し出た藤太を、将門は疑いもせず受け入れ、館の中の部屋をあてがってくれました。こうして藤太が将門に仕える日々が始まりました。

【四】

ある日のこと、藤太は、屋敷の一部屋からしとやかな乙女が出て行くのを見かけました。その時から、藤太の胸は乙女のことでいっぱいになり、しだいに起き上がることさえできなくなってしまいました。ただごとではない、と気づいた侍女のしぐれが、藤太の悩みを聞き出しました。しぐれは、二人の仲を取り持つと約束してくれました。

美しい乙女は「小宰相の方」と呼ばれる人でした。何度か文が交わされるうちに、二人は深く言い交わす仲になりました。

ある夜、藤太が小宰相の方の部屋に近づくと、中から話し声が聞こえてきます。そっと様子を窺うと、七人の男が座っていました。

翌日再び部屋に行き、昨夜のことを尋ねると、将門が来ていたと言うのです。それならば一人のはずだが、と言うと、小宰相の方は声をひそめました。

「まだご存じないのですね。殿はお一人ですが、分身が六体あるので、他人には七人に見えるのです」

「では、本体を見分けるにはどうすればよいのか」

「殿の本体は、灯りに向かうと影が映りますが、ほかの六体には影ができません。また、お身体が金属で覆われていますが、耳の上のこめかみだけは肉身なのです。これは絶対に人に漏らしてはならない秘密ですが、あなた様ですからお教えしました」

藤太は心の中で『よくぞこの秘密を聞かせてくれたものだ。きっと守り神が教えてくださったに違いない』と手を合わせました。

それ以後、小宰相の方の部屋へ通うときは、ひそかに弓矢を隠し持ち、将門を倒す機会を狙いました。

幾日か経ち、好機が訪れました。藤太が小宰相の方の部屋にいるところへ将門もやってきました。急いで屏風の陰に隠れて将門の様子を観察していると、確かに六人の姿に影はありませんが、一人にははっきりとした影があります。また、その一体のこめかみは脈を打って動いていました。藤太はそのこめかみに狙いを定め、渾身の一矢を放ちました。さすがの将門も仰向けに倒れ、息絶えてしまいました。と同時に六体の姿も一瞬の光とともに消え去りました。

藤太と貞盛は将門の首を持って都に上りました。将門の首は獄門の木に架けてさらされましたが、いつまでたってもその目がかっと見開かれ、肌の色も変わらず、時には歯ががちがちと鳴るので、その恐ろしさ、気味悪さに人々は震え上がりました。

『将門は　こめかみよりも　射られけり　俵藤太が　はかりごとにて』

と、ある人が詠んだところ、この首がからからと笑い、その後は色も変わり、目も閉じたということです。

藤太は帝から、下野に加えて武蔵の国もいただきました。この二つの国において藤太は、功ある者には願われなくても恩賞を与え、罪ある者はすぐに懲らしめ、賞罰を正しくおこなったので、人々から篤く慕われました。また、子孫を多くもうけ、一族の繁栄の礎を固めました。日本中の武士で藤原姓を名乗る家系は、藤原藤太秀郷を先祖としているかもしれません。

藤太がこのように栄華を極めることができたのも、きっと竜神に守られていたからでしょう。

竜神が、侍女のしぐれや、小宰相の方の心を操って藤太の味方とされ、将門を討たせてくださったに違いありません。

（終わり）

たなばた

たなばたと言えば、牽牛星と織女星が天の川に隔てられ、年に一度しか再会することができない、という話で知られています。が、平安時代から、この二つの星は夫婦の永遠の契りを守ってくださる、という言い伝えが広まっていました。この話ではその由来が語られています。その頃は旧暦だったので、七月は今の八月ごろにあたります。夏の夜空なら、年に一度の再会が雨に妨げられることは少ないでしょう。

底本として「室町時代物語大成　第八」四九一頁から五一〇頁所収の「七夕の本地」（赤木文庫蔵　近世初期　絵巻）を用いました。

【一】

昔のお話です。

三人の美しい姫を持つ長者がいました。二人の姉姫は結婚するにふさわしい年頃になっていましたが、相手を選り好みするので、次第に縁遠くなってしまいました。末の姫は感受性が強く、思慮深い性格でした。神仏を敬う心も篤かったので、

「夫婦の契りというものを聞くにつけ、心から愛する人と巡りあうことは稀でございます。仮に最愛の方と巡りあうことができたとしても、人間は限りある命。先立たれることもございます。どうか永遠に続く契りをお授けください」と朝夕祈っていました。

この祈りが天に届いたのでしょうか、不思議なことが起こりました。

ある夏の昼下がり、この屋敷の侍女が前の小川で洗い物をしていると、一匹のきれいな蛇が水の中から姿を現しました。見る間に侍女のそばまで近づくと、

「私の願いを聞いてください」と言いました。

驚いた侍女は走って逃げだしました。すると、それまでは七色に輝く鱗をしていた蛇が、急にどす黒い色に変わり鱗を逆立て、

「逃がさんぞ」と恐ろしい声をあげ、行く手をふさいでしまいました。

侍女はぶるぶるふるえながらひれ伏しました。すると蛇はまた元の色にもどり、きれいな結び文を口から出しました。

「これを主人に見せよ」

侍女は受け取ると屋敷に飛んで帰りました。

長者夫婦が開いてみると、

『三人の娘のうちで心優しい者を一人差し出せば、家は幾久しく栄えるであろう。しかし、もしも断るならばたちまち家を滅ぼし、辛い目に遭わせよう。急ぎ大川端に釣殿を建て、娘を一人供えよ』と書いてあります。

夫婦はおろおろと屋敷の中を歩き回りながら思案し、仕方なく三人の姫に事情を話しました。

姉姫は、

「目の前でどんな辛いことが起ころうとも、蛇なんかに身を任せるわけにはいきません」

と震えながら答えました。中の姫も、

「私だって同じです」

「お前たちの言うとおりだ。ああ、これで何もかもおしまいじゃ」

ところが、父ががっくりと肩を落とすのを見ていた末姫は、

「人の命は必ず尽きるのが定めです。お父様お母様のために命を捨てるなら、惜しいわけがありません。私が参りましょう」ときっぱり言いました。

末姫は二人の姉姫たちより姿が美しいばかりか、気立てがよく、詩歌の道にも秀でていました。その涼やかな目元をじっと見つめながら、父も母も返す言葉がありませんでした。

そうこうしているうちに、屋敷の前に立派な唐櫃が届きました。運んできたのは姿の美しい若者でした。

「末の姫君をお迎えするための品をお届けにまいりました」と言い、あっという間に姿を消しました。

なにもかも見とおされているのでは、もう逃れるすべはありません。長者は屋敷に仕える者たちを指図して、急いで大川端に釣殿を建てさせました。

それから泣く泣く末姫にきれいな着物を着せ、美しく化粧をさせて釣殿に座らせました。末姫は、

「お姉さま、どうか私の亡き後、お父様とお母様をお慰めしてくださいまし」と姉姫二人に頼みました。見送りの人々には、

「私の最期の姿をご覧になってはいけません。どうかここから一刻も早くお帰りください」

と勧めました。

皆が名残を惜しんでいると、急に激しい風が起こり、川面に波が逆立ったかと見るうちに雷鳴がとどろき、土砂降りの雨が降り始めました。人々はあわてふためき、名残を惜しむどころか、我先にと逃げ帰っていきました。

程なく、稲光を映して波立つ水面から、十丈ほどもある蛇が姿を現しました。真っ直ぐに釣殿の前までやって来て、姫を見下ろすその両眼はぎらぎら光っています。真っ赤な舌を出して息をしているのを見ているだけで、気を失いそうでした。しかし姫は覚悟の上、気丈にも、

「早く殺してください」と頼みました。すると蛇は、

「恐れずに私の頭を裂きなさい」と言うのです。

姫はふるえながらも守り刀で蛇の頭を裂きました。すると、かぐわしい香りがあたりにたちこめ、輝くように美しい貴公子の姿が現れました。同時に、にわか作りの釣殿が立派な御殿に変わりました。姫はその若者を一目見るなり、それまでの恐ろしさも忘れ、すっかり心を奪われてしまいました。そして、二人は永遠の愛を誓い合いました。

翌朝、姫が尋ねました。

「あなたはいったいどなたなのですか」

「私はあめわかみこ。あなたが『永遠に続く契りを得たい』と、朝夕熱心に祈るのに応えて、地上にやってきました。でも、いつまでも姫と暮らしているわけにはいきません。私には天界でしなければならない仕事があるのです。七日経ったらまた戻ってきます。それまで待っていてください。その間この唐櫃を私だと思って持っていなさい。でも絶対に蓋を開けてはなりませんよ。万一開けてしまったら、自由に飛行できる雲が消えてしまいます。もう二度と地上に降りることができなくなるのです。でも、もしそうなったとしても、恋しかったら天路をたどって訪ねていらっしゃい」

「それはあまりにつれないお言葉です。千代も八千代も変わらず、添い遂げようと思っておりますのに」

姫は泣きながら、あめわかみこの袖にすがりました。けれども、迎えに降りてきた紫の雲に乗り、あめわかみこは天へと昇っていってしまいました。

一方、長者夫婦は、姫が命を失ったに違いないと思い、その夜を泣き明かしました。姉姫たちが夜明けを待って様子を見に行くと、驚いたことに、あの釣殿は消え、代わりに玉の瓦や七宝で輝く宮殿が建っています。その中で、姫は多くの侍女にかしずかれていましたが、一人物思いに沈んでいます。

「もう会えないかと思っていたのに、会うことができてほんとうによかったわ。でもどうしてそんなに悲しそうなの」

再会を喜ぶはずの末姫が憂い顔なので、姉姫たちが訊ねますが返事はありません。

そのうちに姉姫たちは、美しい螺鈿の唐櫃を見つけました。

「まあ、ここにこんなにきれいな唐櫃があるわ。何が入っているのかしら。開けて見ましょう」

姉姫たちはだんだん末姫がうらやましくなっていました。

「やめてください。絶対に開けてはなりません」

必死に止める末姫を振り切って、蓋を開けてしまいました。

すると中から黒雲が立ち昇り、空に漂ったかと見るうちに、御殿も侍女たちの姿も消えて、皆はただ夢から覚めたような気持ちで、ぼんやり立っているのでした。青ざめて倒れそうになった末姫は、屋敷に連れ帰られました。

一夜を千年もの長さに思っていた父母は、末姫を抱きかかえて喜びましたが、姫はただ悲しげに打ちしおれているばかりです。皆は、命が助かったことを姫がどうして喜ばないのか不思議がりました。

その夜のうちに、姫はあめわかみこを慕って、屋敷から抜け出しました。

二人で過ごした大川のほとりにやって来ると、かすかな明かりが見えました。近づくと、明かりと見えたのは、一面に白く咲き乱れる夕顔の花でした。そこへどこからともなく一筋の白い煙が漂ってきて姫を包みこみ、空へと運んでいきました。

〔三〕

姫を乗せた白煙はやがて紫雲となり、天路はるかに昇っていきました。しばらく行くと、冠をつけた人が雲の上にいました。

「どなたかは存じませんが、あめわかみこさまがどこにいらっしゃるか、ご存知ではございませんか」

「私は宵の明星です。そのかたはここよりずっと上の天界にいらっしゃいます。わたしはもう下界を照らすために行かなくては」

宵の明星は雲に乗って離れていきました。

姫はそのあと、ほうき星、すばる、明けの明星などに出会いました。中でも明けの明星は、「あなたが毎朝祈りを捧げているのをよく知っていますよ。あめわかみこは、少し先の大河の向こう岸にある御殿にいらっしゃいます。気を付けてお行きなさい」と優しく教えてくれました。

風に任せて行くうちに、向こう岸も見えない大河のほとりに着きました。こわごわのぞいて見ると、河底には毒蛇や悪魚が鱗を逆立てています。そのうち水面には、得体の知れない生き物が、口から火炎を吐きながら押し寄せてきました。ここが命の境目、と覚悟を決めた姫は一心に祈りました。

『人間の身として天上に昇ったことは、天のお怒りに触れることではございますが、親のためにこの身を惜しまず、二人の姉に代わって孝行を尽くした私を、どうぞお見捨てにならないでください』

するとどこからともなく五色の光が差しこむと、大河の水が左右に分かれ、一筋の道が現れました。はるか前方から一条の光が届いて姫を乗せ、あっという間に向こう岸まで運んでくれました。

天人たちが奏でる楽の音が、柔らかな春風に乗って聞こえてきます。梅の香りが漂い、一方には満開の桜の花、またあちらには卯の花やかきつばたが咲き乱れ、かなたには雪をいただいた峰がそびえています。小走りにいくつもの回廊を抜け、ついに宮殿の中にいるあめわかみこを見つけました。姫は駆け寄ると、その膝にすがって泣きました。あめわかみこも、思いがけず姫が訪ねてきたことを喜び、強く抱きしめました。

姫は、あめわかみこが露のようにはかない契りを結び、姿を消してしまったことを嘆きました。あめわかみこは姫の真心に打たれました。

「天界に住む者が人間と結ばれることは許されません。まして終生添い遂げることなど叶わないと知りながら、あなたが余りに美しい心を持っているので、どうしても会いに行きたかったのです」

姫はその言葉で今までの辛さを忘れ、あめわかみことその夜を楽しく語り合って過ごしました。

〔三〕

しかし、天上にも辛いことがあるのです。「そくさんおう」という名の鬼が、姫のことを聞きつけてやってきました。

「お前が先ごろ下界から昇ってきたやつだな。身のほど知らずにも程がある。早く立ち去れ」と言うのですが、この鬼もあめわかみこの前では姫に手出しはできません。

そもそもあめわかみこは「みょうれんじょう」という星でした。昼間は天上にいても、夜になると、下界を照らすために降りて行かなくてはなりません。鬼はその留守をねらって姫を連れ去りました。

姫が連れていかれたところに、千頭の黒い牛がいました。鬼は、

「この牛どもを野に連れて行き、草を食べさせて、一頭残らずまたここに連れて帰れ」と命じました。

あまりのことに泣き出した姫でしたが、困ったときには「あめわかみこ、あめわかみこ」と唱えるように、以前あめわかみこが教えてくれたことを思い出しました。そこでそのとおりにしてみると、千頭もの牛がひとりでに野辺に出て、思い思いに草を食べ、またもとの牛舎に戻ってきました。鬼は驚いて姫を御殿に戻しました。

姫からこの出来事を聞いたあめわかみこは、自分の着物の片袖をほどいて、「次に鬼が来たらこの袖を三度振りながら私の名を唱えなさい」と手渡してくれました。

あめわかみこが出ていくと、また鬼がやってきて、今度は米蔵の前に連れて行きました。「今日はこの蔵にある千粒の籾をあちらの蔵に運べ」と命じました。

姫があめわかみこの教えのとおりに袖を振り、「あめわかみこ、あめわかみこ」と唱えると、おびただしい数の蟻が湧いて出て、米粒を一つずつ運んでくれました。

鬼は、蔵の前で算木を持ち、運ばれる米粒を数えていましたが、一粒の不足がある、と怒鳴りました。姫があたりをよくよく見回すと、弱った蟻が一匹、運びかねてよろよろしています。それを差し出し、これで数が揃いました、と言うと、さすがの鬼もあきらめてしまいました。その夜も姫は無事に御殿に戻されました。

それからも鬼は毎夜やってきて、数千匹もの蛇の蔵や、ムカデの蔵などに姫を閉じ込めましたが、その度に姫はあめわかみこの袖を振ることで、難を逃れました。

七日目の夜が明ける頃、ついに鬼は姫とあめわかみこの契りの深さに心を打たれ、自分の悪行を謝り、これからは姫の守護神となることを約束しました。姫はようやく天上に住む者として認められました。

ところが、あめわかみこはこう言ったのです。

「これからは二人共に永遠に天にあって、地上の民を守りましょう。人間界を守るためには、毎日会っていてはいけません。七日に一度逢うことにしましょう」

驚きのあまり姫は、七日に一度を、年に一度と聞き違えてしまい、さめざめと泣きだしてしまいました。姫が流した悲しい涙が川となり、ついには二人を隔ててしまいました。

実はあめわかみこは勢至菩薩、姫は如意輪観音で、夫婦があまりに仲睦まじければかえって離別のたねとなる、花の香りも離れれば深い、末永く添い遂げよ、と教えるために、仮に姿を現されたものでした。

さて地上では、長者夫婦が末姫を探して、あらゆるところを尋ね回りましたが、見つけることはできませんでした。神仏に祈る日々を送っていたある夜、夢で姫がおだやかにほほえむ姿を見て、やっと心を安らげることができました。

それからほどなく、長者は帝から官位を賜わりました。大臣として政を正しく行い、国は豊かに、民も栄えたので、天意にかなう忠臣であるとして、太政大臣に用いられました。

あめわかみこは男七夕（牽牛星）、姫は女七夕（織女星）として、今も、夫婦の契りが永遠であるよう守ってくださっています。


（終わり）

鶴の草子

動物が、命を救ってくれた人の前に、仮に人間の姿になって現れ、恩返しをする話はたくさんあります。この話も御伽草子の「異類に関するもの」の一つです。

情景描写が丁寧で、まるで場面が目に見えるような作品です。現実にはあり得ない話ですが、昔の人の想像力の豊かさを知ることができます。

底本として「室町時代物語大成　第九」四九三頁から五一三頁所収の「鶴の草子」(慶應義塾図書館蔵　寛文二年　刊本)を用いました。

〔一〕

昔のお話です。

左大将むねまさの子息で、宰相（参議）の職についている人がいました。この人は格別に慈悲の心が強く、飢えたものには食べ物を、やつれたものには着るものを与え、自分のことには全く構いませんでした。そのため次第に財産を失い、ついには、季節ごとの衣類に不自由するばかりか、日々の食事にも事欠く身になってしまいました。親しかった人々も、手のひらを返すように遠ざかっていきました。そうなると、このまま都にとどまって物笑いになりたくはない、と一人で山奥へと入っていきました。

ある山裾に小屋があるのを見つけ、一夜を過ごしたところ、翌朝、里人がやってきました。

「これは人の住む場所ではありません。都のお方のようですが、どうなさったのですか」

「私は行くところのない世捨て人です。どうかここに置いてください」

「いや、そのお姿ではとても畑の仕事などできません。どうかお発ちなさい」

そう言われて仕方なく立ち去ろうとしたものの、力なく倒れこんでしまいました。

「我々は日々の暮らしもままならない身で、あなた様を養ってさしあげることはできないのです。が、あまりにおいたわしいのでここにいて、昼は稲に集まる鳥を追い、夜は鹿を追い払ってください。私の食べ物を少し分けましょう」

こう言うと、里人は村の者たちを集めて、小さな庵を建ててくれました。

日が暮れて寒々とした山の中で一人休むと、秋風がしみじみと身に染み、涙が袖を濡らします。『私は平凡な男、とても仏の道を究めることなどできないが、せめて心を込めて念仏しよう』と、一晩中高らかにお経を唱えることにしました。

すると、鳥や獣たちがそれを聞き、次第に田畑を荒らさなくなりました。

それまでは村人が苦労して鳴子を引き、鹿威しを作り、追い払っても追い払っても稲穂が食い荒らされていたのですが、初めて豊かな実りの秋を迎えることができました。村人は宰相を菩薩の化身と信じて、大切にもてなしました。といっても粟の飯、稗の粥を届けることくらいしかできなかったのですが。

ある日のことです。宰相は田の中道を踏み分けて落ち穂を拾い、霜置く草の中から、咲き残る菊を見つけて摘んでいました。山々は紅葉の錦に彩られ、雲のかなたに飛び渡る雁の一群が見えます。昔を思い出しはしても、もう捨ててしまった浮世に未練はなく、粗末な庵でも住めば都です。

そこへどこからか一羽のひな鶴が舞い降りました。沢の中で餌を探す鶴を驚かさないようにそっと見ていると、一人の猟師が土手伝いに忍び寄り、網を打って鶴を生け捕りにしました。哀れなひな鶴は首をねじ切られそうになって、悲しげな声を張り上げました。宰相は思わず走り寄りました。

「なぜ鶴を殺すのですか。どうか私にください。放してやりたい」

「お前は何者じゃ。わしが捕らえた獲物をくれとは、おかしなことを言うものだ。わしはこの里の外れに住む猟師じゃが、毎日川の魚や野の獣を捕って暮らしておる。この四、五日は獲物がなく、妻子が飢えておる。やっと捕まえたこの鶴は天の恵みというのに、それをただでくれとはとんでもない。この鶴が生きているから人の恨みも買うというものじゃ」

猟師は鶴の細首を小脇に挟み、力をこめて締め上げようとしました。

「待ってください。たとえ殺すにしても、私の言うことを聞いてからにしてください。釈尊の教えによれば、人は五戒を守ってこそ救われます。殺生戒、偸盗戒、邪淫戒、妄語戒、飲酒戒です。けれども俗世に住む我々がこれを守るのは難しい。偸盗戒とは盗みのこと。手を出して盗むことはなくても、何かを欲しがる心は日々絶えません。邪淫戒は男女が愛し合えば破られます。妄語戒は偽りを言うことですが、口さがない人と付き合えば、正しいことだけを言ってもおられません。また、酒はうれしいとき、悲しいときになくてはならないものですから、これを断つのは無理というもの。しかるに、殺生戒は、御仏はこれを第一の戒めとされていますが、心がけ次第で守ることができます。その上、鶴は千年の命を持つ生き物です。私が鶴の身代わりになってもかまいません。どうか助けてやってください」

宰相が鶴に取りすがると、猟師はますます腹を立て、声を荒げました。

「わしは卑しいもの、五戒も十戒も知ったことか。魚や野鳥を捕って食っても、罪も報いもあるものか。お前が鶴の身代わりになっても、わしらの食い物になるはずもない。うちじゃあ女房や子どもが腹を空かせて待っている。時間を無駄にしたもんだ。さっさと放せ」

「それはもっともなことです。昔このようなことがありました。釈尊が俗世におられたとき、一羽の山鳩が懐に飛び込みました。すぐに鷹が追ってきて、鳩を出せと責め立てます。釈尊は力及ばず、鳩の代わりに御身の肉を切り取って鷹に与えようとされました。これにはさすがの鷹も心を入れかえ、優しい気持ちを得て成仏したということです。鶴の代わりに家宝のこの守り刀をさしあげましょう」

黄金造りの刀を見た途端、猟師はにんまりと笑い、鶴を手放して帰っていきました。

宰相は鶴を両手に乗せて、これからは人里に近寄らないように言い聞かせ、空に放してやりました。行方をしばらく目で追っていると、鶴も後ろを振り返り振り返りしながら、雲のかなたに飛んでいきました。猟師に与えた刀は、これまでどんなに窮乏したときでも、肌身離さず持ち歩いていた家宝でしたが、鶴のために譲った志は、誠に尊いものでした。

それからしばらく経ったある夕暮れのこと、宰相の庵の外で女の声がしました。いぶかしく思って出てみると、侍女を従えた姫君が、濃い紅の五つ重ねの上に綾織の打掛を身につけ、袖で顔を隠して立っています。このような山中にやって来るとは、いかなる変化のものかと恐ろしく思いながらも、どなたですか、と尋ねると、

「私は都の者ですが、身に覚えのない妬みを受け、家を出てあてどもなくさまよっておりますうちに、こちらの灯りが見えましたのでやってまいりました。どうぞ一夜の宿をお貸しください」と涼やかな声が返ってきました。

「どなたかは存じませんが、ここは人里離れた寂しい場所。夜更けになれば獣の声が聞こえ、風も激しく吹き付け、とても眠ることはできないでしょう。お心当たりの方をお訪ねなさい。どこへでもご案内しましょう」

「心当たりなど全くございません。どうか一夜を明かさせてください。森の茂みの葉陰には小鳥も羽を休め、野辺の千草は葉に露を宿しております。軒の下でも結構です。どうぞお宿をお貸しください」

「庵があまりにみすぼらしいのでお断りしましたが、そうまでおっしゃるならどうぞお入りください」

狭い庵のこと、女性二人は奥で、自らは入り口近くに身を置き、休むことになりました。

その夜はことに物寂しく、秋風が軒を吹き抜け、寒さが一段と身に沁みます。眠れない宰相がいろりの火を掻き立てていると、姫が話しかけました。

「お見受けするところ、ただのお方とは思えません。流され人でいらっしゃいますか。実は私にも事情がございます。どうか今宵から妻にしてくださいませ」

驚いて姫をながめると、豊かな黒髪が流れるように肩にかかり、面差しは雨に濡れた海棠の花のようです。都にいた時、宮中で多くの女性を目にすることはあったけれど、これほど美しい人はいませんでした。宰相は世を捨てているとはいっても、貧しさに迫られてのことで、仏道を修行しているわけではありません。歳もまだ二十一、姫の言葉に心を動かされないはずがありませんでした。

まことに昨夜までは秋の夜長を持て余していたというのに、この夜はあっという間に明けてしまいました。姫は侍女に持たせていた袋の中から黄金千両を取り出して、これでいろいろなものを調えてくださいと言いました。

早速、これまで世話をしてくれた里人を呼び、いきさつを語ると、里人は喜んで黄金を受け取り、大工たちを集めて立派な屋敷を建ててくれました。

この話が広まり、近郷の若者たちが次々に奉公を願い出たので、屋敷はすっかりにぎやかになりました。

【二】

その年は暮れ、翌年の春になりました。この国の守護は、宮崎左衛門の守という人でしたが、ある日一族郎党百人ばかりを引き連れて、鷹狩りに出かけました。勢子たちは二手に分かれ、狩場の峰といわず谷といわず、狩り上げ狩り下り、岩を飛ばし古木を払い、雉、山鳥は言うに及ばず、猪、狸、狐、巣穴に隠れた野兎までも残らず見つけ出していきました。

さあ戻ろうとしたところ、にわかに雨が降り始めました。家来たちが思い思いの木陰で雨宿りをする間に、宮崎殿は馬に乗って、狩場の外れの谷間に下りていきました。

すると、遠くの山陰から煙が一筋昇っているのが見えます。こんなところに人里があるのか、といぶかしく思い駒を進めると、堀を巡らせ塀で囲まれた立派な屋敷が現れました。自分の領内にこのようなものがあったことに驚き、様子をうかがっていると、宰相と北の方が広縁に出てきました。宮崎殿が見ているとは夢にも思わない二人は、咲き始めた桜の花をめでながら、和歌を口ずさんだりしています。北の方が宰相に向けた笑顔を見た宮崎殿は、すっかり心を奪われてしまいました。

殿を探してやってきた家来たちは、放心して立っている宮崎殿を何とか馬に乗せ、館に連れ帰ったのでした。

宮崎殿の家来の中に、田辺の七郎という機転の利く者がいました。宮崎殿から、何としてもかの女性を自分のものにしたい、と打ち明けられました。それは道理に外れたことだと思ったものの、主君の気持ちをなだめるために言いました。

「それはおやすいこと。男女の仲は強く言い寄るほうになびく、という決まりでございます。私のおばで、内侍の局という者がおります。もとは都で宮仕えをしておりましたが、郷里に戻って、あの屋敷にもときどき訪れているようでございます。聞けば何か手がかりがあるかもしれません」

恋の病で寝込んでしまった宮崎殿の枕元に、内侍の局が呼ばれました。

「あのお屋敷のことはよくわかりません。ただ去年の冬に屋敷が建ち、北の方が迎えられて、『今長者』と呼ばれていますが、まるで天から下られたかのようでございます。北の方は二十歳ほど、都の女御、更衣のどなたよりも美しく、たとえて言えば、梅の香りを桜に乗せて、柳のたおやかさを加えたごとく、またその声を聴く者は、心を動かさずにはいられません」

ますます想いをつのらせた宮崎殿は、内侍の局に文を届けるよう頼みました。

薄紫の美しい紙に梅の香りをたきしめ、思いの丈をこまごま書き連ねた手紙を持って、内侍の局が北の方に会いましたが、北の方は取り合いません。

この国の主である方に従わなければ、どのような災いが降りかかるかもしれませんよ、と内侍が言うと、北の方は、今後屋敷に来ることはなりませんと、きつく言い渡しました。

内侍は仕方なく宮崎殿に、

「あの方は姿形こそ美しゅうございますが、心根はさすがに田舎育ち、情けの道を心得ぬ人でございます。私の手に余るお使いでございました」と、そそくさと帰っていきました。

頼みの綱を断たれた宮崎殿は、怒りに駆られて田辺の七郎を呼びました。

「わが領内にありながら主君の命に背く女、押し寄せて奪い取り、思い知らせてやる」

「ごもっともでございます。私一人で忍び込んで連れ帰ることもできなくはありませんが、相手方にも多くの家来がおります。ここは軍勢を揃えて一方の山から攻め下り、東の方角に逃げ道を開けておけば、夫婦はそちらに逃げましょう。待ち伏せて男のほうを斬って捨て、女を捕らえましょう」

宮崎殿が戦の支度をしていることは、すぐに宰相に知らされました。それまでのいきさつを初めて北の方から聞いて、宰相は驚くと、悲しそうに言いました。

「私のためにあなたにもしものことがあってはなりません。ここはひとまず領主の館に行き、幸せにお暮しなさい」

「賢人二君に仕えず、貞女二夫にまみえず、と申します。私がここを離れることなどありません。軍勢が押し寄せても、思うままに打って出て、かなわぬときは刺し違え、私たち二人、三途の川を手に手を取って渡るなら、何の恨みもありません。でも、私に一つはかりごとがございます。太刀も刀も使うことなく、追い払ってお見せしましょう」

こう言うと、北の方は奥の間に引きこもり、夜が来るのを待ちました。

そのうちに日も西山に傾き、頃はよし、と宮崎殿の軍勢百五十騎が宰相の屋敷に押しかけました。馬に乗った田辺の七郎が進み出て、大声を張り上げました。

「今宵の戦の大将は、この七郎が承った。領内にありながら山中に隠れ住み、夜討ち強盗を業とする者をこらしめよ、との主君の仰せである。身に覚えがあらばすぐに降参せよ」

しかし宰相は少しも騒ぎません。そこへ北の方が、手に紅の扇を持って広縁に姿を現しました。北の方が扇を開いて空を招いたのを、降参のしるしと見て、軍勢が屋敷に乗り込みました。と、にわかに山風が激しく吹きおろし、黒雲ひとむらたなびいて屋敷を覆うと、雲の中から変化、異形のものたちが次々に現れて、武者たちに襲いかかりました。よろいかぶとに身を包み、弓矢を持って進み出る美女があるかと思えば、矛を振り回す鬼人もいます。ワシやタカが飛び来て、くちばしで弓の弦を切って回り、蝶やトンボが群がって、かぶとの隙間から武者の目を覆ってしまいます。これではいかに猛々しい武者でもなすすべがなく、立ちすくむばかりです。田辺の七郎が宮崎殿に言いました。

「初めから無茶なこととは思っておりましたが、御命令に背きがたく、お供してまいりました。この方々は天から下ったと言われております。おそらく神仏の化身でございましょう。怒りを鎮めるにはお経を唱えるしかありません」

一同がお経を唱えだすと次第に雲が晴れ、異形のものも消えてしまいました。宮崎殿の軍勢が館に逃げ帰り、互いに傷を確かめ合ったところ、一人のけが人もいないことがわかりました。宮崎殿はこの出来事ですっかり心を入れ替えました。

一方屋敷では、宰相が北の方に言いました。

「初めから普通の人とは思っていませんでしたが、先日の出来事は全く人間の業ではありません。仏様の化身と存じます。どうぞお名乗りください」

「私だけの力ではございません。宰相殿のお心が素直で慈悲深いゆえ、仏様が力を添えてくださったのでございます。ところで、これから私の父母のもとへご案内いたします」

夜になり二人は伴も連れず、険しい谷を下っていきました。切り立った崖のはるか上から滝が流れ落ち、滝つぼには激しいしぶきがたち白く泡立っています。水辺の松は枝をたれ、その下に続く細い道は苔で覆われていました。進んで行くと小さな洞窟があります。宰

中に入ったとたん、いきなり視界が明るく開け、金銀の瓦で輝く宮殿が現れました。宰

相はまるで夢を見ているような気分でした。侍女たちが我先に出迎えて北の方を取り囲み、よくお帰りになりました、と口々に言います。貴族とおぼしき人たちが宰相を宮殿に導きました。

王と后が宰相に丁寧に言いました。

「ふつつかなわが娘をおそばに置いていただいていることを、忘れているのではございません。早くこちらにお招きしたいと思いながら、一日一日と日が過ぎてしまいました。今宵はるばるおいでくださいまして、まことに嬉しゅうございます」

金の銚子に入った酒が運ばれ、宴が始まりました。琵琶、琴、笙、篳篥の演奏を聴くと、まるでそこは極楽かと思われました。

明け方が近づいて、二人が人目につかないよう戻るために、空を飛ぶ車が用意されました。黄金千両、いくつもの錦の織物が積まれた車は、何羽もの鶴の背中に乗せられて、あっという間に宰相の屋敷に送り届けられました。

ある日のこと、北の方が泣きながら、宰相に言いました。

「お名残り惜しいのですが、父母のもとに戻らねばなりません。今までのご恩は一生忘れません」

「思いもかけないことを言われます。あの世までもと決めていますのに、お心変わりされたのですか。三年もたたずにお別れするなど、私はもうこの世にとどまることなどできません」

「そのお心ゆえ、これまで申し上げられませんでした。実は私は人間ではありません。このままでは終生添い遂げることができないのです。ここはひとまずお別れし、生まれ変わって、本当の妻になりたいと思います。形見に短冊の一筆を取り交わし、それを頼りにお探しください。私のほうからもお探しして、巡り会えたその時にこそ思うさまに暮らしとうございます。先ごろ父母の館で召しあがったお酒は不老不死の薬で、面影が変わることなく、命の尽きることもございません。錦の織物はいくら裁っても元に戻りますし、黄金もなくなることはありません。ああ、いつまでお話しても、お名残り惜しくなるばかりでございます。私はかつて沢辺で猟師に捕らえられたひな鶴でございます。命を助けていただいたご恩に報じるため、仮に人の姿となって参りました。ああ、元の姿をお見せしなくてはなりません。さようなら」

一瞬、北の方から強い光が発し、宰相はそのまぶしさにしばらく目を開けていられませんでした。目を開けると、一羽の鶴がすでに大空へと昇っていくところでした。

宰相はなす術もなく、その姿を見送ることしかできませんでした。

沈み込んで屋敷にこもってしまった宰相の、夢の中にさえ、北の方が現れることはありませんでした。

〔三〕

そのころ都に、帝の伯父で三条の内大臣という方がおられました。子のないことを嘆き、神仏に祈ってやっと姫君を授かりました。さすがに天から授かったというだけに、輝く珠のような姫でした。命長かれとの願いを込めて、珠鶴姫と名付けられ、それはそれは大切に育てられました。ところが、幼いときにはそうではなかったのに、成長するにつれて、左の腕が付け根からひじの先まで身から離れず、不自由になってしまいました。さまざまな治療が試みられたものの、その甲斐はありませんでした。

けれども姫の美しさと、心優しいことは広く知られていきました。

姫が十三歳になると、関白殿の子息、二位の中将が結婚を申し込みました。父君の内大臣は喜びましたが、姫は、

「私はこのように手が不自由ですから、どこへもまいりません」と言うので、両親も無理強いすることなく、ただ姫がそばにいてくれることだけを願うのでした。

その年は暮れ、姫は十四歳の春を迎えました。雨上がりのある日、御簾を巻き上げて、

咲きそろった桜をめでながら、父君、母君とともに姫も和歌を詠みあいました。

三首の歌を姫が短冊にしたため、庭の桜の少し高い枝に掛けることになりました。姫が腕を伸ばす様子を見ていた人たちは、驚いて駆け寄りました。左腕がすんなりと伸びています。腕が痛みはしないか、との心配をよそに、姫は何事もなかったようににっこり微笑みました。

念のために薬を塗っておこうとして、乳母が姫のわきの下を見ると、薄く小さな短冊があり、

『いつわらぬ　ことばのすえを　たのみにて』と記してあります。

不思議なできごとのわけを姫にきいても、姫にも前世のことはわかりませんでした。

「この姫は天から授かった方、きっといわれのある方の再来であろう。ありのままに帝にご報告し、ご判断いただこう」

帝は、内大臣が持参した短冊の表や裏をご覧になりました。

「墨の色はいまだ新しい。この筆跡に見覚えのある者はいないか」

「まことに不思議なことではございますが、左大将むねまさの子息で、以前宰相の職にあったものの筆跡によく似ております。慈悲の心を旨として、私財を貧しいものたちに分け与

えておりましたが、家運が傾きいつしか行方知れずになっております。かれこれ十五年にもなりましょう。内大臣殿の姫は十四ということでございますから、生まれる以前の出来事でございます。宰相はまだ存命と思われますから、お探しになってはいかがでしょう」

早速日本中が探されましたが、手掛かりがないまま何日も過ぎました。諦めかけていたところ、都の北方、若狭（今の福井県の西部）に近い山里に、天から下ってきたといううわさで、十五年ほど豊かに暮らしている人がある、と伝えられました。

急いで勅使が向かうことになり、その役目を受けたのは、宰相のいとこ、花園の左中弁でした。

噂の屋敷を訪ねて主に対面すると、それはまさになつかしい宰相でした。都を離れたのは二十一歳でしたが、その時と少しも変わらない姿形でしたので、見間違うこともありませんでした。

宰相は、昔宮中に仕えていた時と同じように、三位の装束を身につけて参内しました。帝が短冊をお見せになると、宰相は一目見るなりわきあがる涙をぬぐおうともせず、その場にひれ伏しました。訳を話すように言われ、

「貧しくなり、身の置き所なく、十五年前にある山里に隠れ住み、明け暮れお経をよんで

おりました。あるときどこからともなく、女人が訪れて妻となり、たくさんの宝を与えてくれました。けれどもある年の春、妻は『私はまことの人間ではありません、生まれ変わって再び巡り会い、その時こそ来世までのご縁を結びましょう』と言い残し、去っていきました。その時互いに形見を取り交わしたのでございます」と、肌の守り袋から、これも小さな短冊を取り出し、帝に差し出しました。

そこには

『ふたたびうまれ　あわんとぞおもう』と記してあります。姫の文と合わせると

『いつわらぬ　ことばのすえを　たのみにて　ふたたびうまれ　あわんとぞおもう』と、見事に上の句と下の句がつながりました。

その場にいる人々は驚きで、言葉が見つかりませんでした。

このように不思議な出来事は、これまでもこれからもあるものではない、吉日を選んで早く祝言をあげるように、と帝が命じられました。昔宰相が住んでいた都の屋敷が整えられ、珠鶴姫が迎えられました。さすがに前世からの縁がある二人は、すぐに打ち解けました。姫の姿も宰相と同じく、以前の北の方と少しも変わっていませんでした。

この、世にもめでたい出来事に、人々が祝いを述べただけでなく、帝から新たな官位が

下され、宰相は「左大臣まさあきら」と名乗ることになりました。

その翌年に若君が誕生してからも次々に子宝に恵まれ、若君姫君の数は五人にもなりました。どなたも皆、賢く美しく、ある方は帝のお妃に、ある方は関白殿の婿に、と栄華を極めました。

これも宰相の慈悲の心がもたらしたもの、昔はこんな不思議なこともあったということです。

（終わり）

花世の姫

御伽草子には、鎌倉時代の物語の系列につながる「継子いじめ」の作品があります。その中に、当時語り伝えられていた民間説話を取り入れたものもあり、「鉢かづき」が有名ですが、この話もよく似た内容です。

姫が山姥からもらった衣は、姫を老婆に変身させて身を守ってくれます。別の作品に「姥皮」というものもあります。三作とも、姫が苦労の末に良い結婚相手と結ばれて幸せになる、という点で共通しています。

底本として「室町時代物語大成　第十」五一五頁から五五九頁所収の「花世の姫」（赤木文庫蔵　明暦頃　刊本）を用いました。

【一】

昔のお話です。

駿河の国、富士の裾野に程近い山里に、和田氏の流れをくむ豊後の守もりたかという人が住んでいました。豊かな財産を持ち、人格も高潔で非の打ちどころのない人でしたが、残念なことに子宝に恵まれませんでした。慈悲深く信仰の篤い北の方とともに、持仏堂の観音様の前で、朝夕香を焚き花を供えて、

「男子でも、女子でも、子を一人授け給え」と祈りました。

けれども、願いは長い間かなえられませんでした。

ある日、北の方が何気なく庭を見ていると、梅の枝ですずめがひな鳥に寄り添っています。わが子を持たないことをつくづく寂しく感じた北の方はすぐに持仏堂に行き、

「どうして私たちには子をお授けにならないのでしょう」と、泣きながら観音様に訴えました。

するとその夜夢を見ました。夢の中でいつものように読経していると、観音様の前から梅の花が一輪、膝の上にふわりと飛んできました。手に取ってみると、色も香りもすばらしい盛りの花でした。うれしくて右のたもとに収めたところで夢は覚めました。

これはきっと観音様が哀れに思って、子を授けてくださるしるしに違いないと信じ、それまで以上に心を込めて観音様にお祈りしました。

程なく懐妊していることがわかり、月が満ちて安産のうちに、輝くような姫君が誕生しました。選りすぐりの乳母や侍女がつけられ、大切に育てられました。

ところが、姫が九歳になった春の頃、北の方は病みがちになりました。もしや再び懐妊かと思っているとそうではなく、次第に衰えていくばかりです。様々の祈りも空しく、いよいよ最期となったとき、北の方はもりたかに、

「私の亡き後、お独りではいらっしゃらないでしょうから、姫がかわいそうでなりません。どうかしっかりお育てくださって、しかるべき結婚相手を見つけて、この家を継がせてくださいませ。姫のことだけが心残りでなりません」

そして姫の髪をなでながら、

「ああ、名残惜しいこと。父上を頼りにして、心穏やかに、人に愛されるよう努めなさい。姫は観音様から花をいただいた夢を見て授かったので、花世の姫と名付けられたのです。花は盛りが過ぎれば散る、とひそかに心配していましたが、私のほうが先立つことは、嘆きの中の喜びというものです。しっかり父上の跡をお継ぎなさいね」と言い残し、三十三歳であしたの露と消えてしまいました。残された人々は深い悲しみに沈みながらも、野辺

の送りをしました。

【二】

悲しみの中に月日は流れ、姫は十一歳になりました。その年の暮れ、一門の人々が集まる席で、

「のう、もりたか殿。北の方の三回忌も済んだことであるから、そろそろ後添えを迎えられてはどうか」と勧められました。

はじめは固く断っていたもりたかでしたが、

「姫もそろそろ年頃じゃ。この時期に女親がおらねば姫も心細いではないか」と強く言われたので、やっと承諾しました。

程なく新しい北の方が迎えられました。けれども、もりたかは花世の姫のことだけを心にかけ、また朝夕は亡き北の方のための読経に余念がなく、妻の部屋を訪れることはありませんでした。

そのうちに姫は十四歳になりました。成長するほどに姿かたちも美しく、また賢くなっていました。父はこの様子を見ながら乳母に相談しました。

「姫にしかるべき結婚相手を見つけなければならんが、どうすればよいかのう」

「おばあさまにご相談なさるのがよろしいのではございませんか」

そこでもりたかは、さまざまな土産の品を調えて、亡き北の方の母君の屋敷を訪れることにしました。

「お父様、どうか一日も早くお帰りになってくださいまし。お父様がいらっしゃらないと心細くてなりません」

「おばあさまにお会いしたらすぐに戻ってくるから、案ずるな。明石、留守のあいだ姫のことを頼むぞ」


姫には生まれたときから三人の女性が付き添っていました。まず乳母は「明石」といいました。これは源氏物語に登場する明石の上が賢く、のちに幸せになったので、それにあやかろうと名付けられたのです。次に「小侍従」が明石の補佐役を務め、さらに明石の娘の「胡蝶の前」が、姫の遊び相手となっていました。

さて、新しい北の方はこの好機に姫を遠ざけようと考えました。いつまでたっても殿が顧みてくれないのは、姫がいるせいだと思っていたからです。そこで自分の乳母と相談し、手下の武者に姫を誘拐させて、どこかへ捨ててしまおう、と企みました。そのためにはお付きの者たちを、姫から遠ざけなくてはなりません。

もりたかが出発すると、北の方は早速、

「姫、たまには私の部屋にも遊びにいらっしゃいな」と誘いました。

翌日には明石たちお付きの者を集めて、

「大変です。昨夜不吉な夢を見ました。なんと姫の身の上に災いが起こる、というお告げなのです。お前たちは揃って神仏にお参りをして、姫の無事を祈りなさい。留守中は私が姫を大切にお守りするから安心なさい」と命じました。

もりたかの留守中は、北の方が屋敷の主です。明石たちは、北の方の乳母に従ってあちこちの神社、寺院を、次々に巡らなくてはなりませんでした。

生まれて初めて一人になった姫の心細さは計り知れないほどです。ただ、明石たちはどこまで行っただろうと案じるばかりでした。

そこに北の方が近寄ってささやきました。

「姫、今まで黙っておりましたが、殿は最近ある女のもとに通っておられるそうです。実は昨夜もおばあさまのところではなく、その女の家にお泊りになられたのですよ。今夜にはその女を連れて帰られ、代わりに姫をよそへやって、あとの部屋へ住まわせるということになっています」

こう聞かされたところに、いかつい男が、

「姫をお迎えにまいりました」とやってきました。

思いもかけない事態に姫は、

「ああ、せめて明石が帰るまでお待ちください」と泣きながら頼むのですが、北の方は、

「早く、早く」と急き立て、一向に聞き入れません。

「明石が戻ったらすぐに迎えに行かせるから、それまでこの武者についてお行き」

姫は大急ぎで、亡き母上の形見のお経、水晶の数珠、蒔絵の櫛を袋に収めると、ただそれだけを手に追い出されました。

一方、もりたかは、最愛の姫がこのような目にあっていることなど夢にも知らず、祖母君に姫の縁談について相談していました。祖母君は亡き北の方をしのんで袖を濡らしました。

「ここより少し南の方角に、京の中納言殿という立派な方がおられます。優秀な子息を多くお持ちで、中でも三男にあたる方は十七、八でまだ独身と聞いています。眉目秀麗、賢い上に心優しく、学問、芸能にも秀でておられるそうですから、この方こそ姫のお相手にふさわしいと存じます」

「それは何よりの良縁でございますな。帰ったら早速話を進めるといたしましょう」

二人は姫の将来を祝福して杯を上げました。

さて、姫を連れ帰った武者は妻に言いました。

「これは殿の怒りに触れて捨てられた姫だから、着物をはぎ取ってから山に捨てるのだ」

姫は耳を疑いました。ここに明石がいてくれたなら、とさめざめ泣くばかりです。

妻は気のいい人でした。

「そのようにお嘆きなさいますな。命さえあればそのうちきっと、いいこともございましょう。夫があのように申しますので、お気の毒ですが、着物をお脱ぎなさいませ」

「たとえ殺されても、肌の小袖だけはお許しください」

妻はその頼みだけは聞き入れて、美しい上着の小袖を脱がせ、代わりに自分の麻の着物を着せました。姫の豊かで長い黒髪を巻き上げると、自分のかぶっていた手ぬぐいで姫の顔を隠し、菅笠を載せてやりました。

「あんた、どんなことがあってもこの娘の命だけは助けてやりなよ。そうでないとこの私が許さないからね」

武者は姫を背負って深山に分け入り、小高い所に下すと、決して戻らぬようにと言い渡して置き去りにし、その足で北の方に報告しました。

「深山に捨ててまいりました。今夜にも狼の餌食になるのは間違いございません」

北の方は満足し、武者に褒美を与えて帰しました。


明石たちが帰ってみると、屋敷はひっそりとして姫の姿が見当たりません。北の方が姿を現し大声で泣きながら、

「ああ、どうしましょう。昼頃から姫の姿が見えなくなってしまいました」と取り乱しています。

明石たちは顔色を変え、血眼になって探し回りましたが、見つかるはずはありません。

翌日、もりたかは屋敷に戻る道で、飛脚からこの知らせを受けました。大急ぎで帰るとやはり姫の姿はなく、明石たちの嘆く姿に肩を落とすばかりです。

一同手分けして四方八方探し回りましたが、何の手がかりもありませんでした。万策尽き果て、もりたかは自害も覚悟しましたが、何とか思いとどまりました。

皆が諦めきれないでいたところ、優れた巫女がいる、という話が伝わってきました。明石は早速姫の小袖を持ってこの巫女を訪ね、姫の生い立ちからこれまでのできごとなどを、ありのままに述べました。

巫女はいろいろ占った後、明るい声で言いました。

「これはめでたいことで、末喜びと存じます。まず、梅の花を夢に見てお生まれになったということでございますが、梅の花というのは、ほかの花より強い香りを持つものでございますから、特に人々から愛されております。さらに、散った後に実を結びますから、末繁盛ということでございます。姫のお命にお変わりはありません。来年のお正月ごろに姫はお幸せになり始められましょう。お心を強くお持ちになって、じっとお待ちくださいませ。初秋にはかならずお目にかかられるものと存じます」

明石は喜んで、占いのお礼にこの小袖を巫女に与えました。

それまで部屋にこもりきりになっていたもりたかですが、明石から報告を受けた夜に夢を見ました。

「きっと良いことが巡ってくるから、あきらめないで待ちなさい」という、観音様のお告げでした。

【三】

こちらは捨てられた姫です。深い山の中に置き去りにされ、はじめはただ泣くばかりでしたが、そのうちにあたりはだんだん暗くなり、遠くで獣の鳴き声も聞こえてきます。心細さを必死でこらえ、一心に観音様に祈りました。しばらくしてあたりを見回すと、はるか谷底に焚火のようなものが見えます。その火を目指して山道を分けて下ると、着物は袖も裾も涙と露とでぐっしょり濡れてしまいました。

ようやくたどり着いたところは、人家ではありませんでした。ぽっかり空いた洞窟の中に、何者かが焚火を前に座っています。姫は恐ろしさで血の気も凍ってしまい、逃げることもできません。

「そこに立っておるのは誰じゃ。中に入れ」

恐る恐る入り口に近寄り、しわがれ声の主をそっと見ると、角ばった顔に目の周りが落ちくぼみ、けれども目玉だけは飛び出し、大きな口の両側から牙が生えています。鼻は鳥のくちばしのようにとがり、額に深いしわが刻まれています。それは山姥でした。

姫の全身から力が抜け、そこに座り込んでしまいました。

「お前は人間じゃな。ここへ来て火にあたれ。濡れた着物を乾かすがよい」

思いがけない優しい言葉を聞いて、少し火のそばに近寄ると山姥は、

「見れば大事に育てられた娘のようじゃ。こんなところに迷い込み、いたわしいことじゃ」

とはらはらと涙を流しました。それはまさしく『鬼の目にも涙』でした。

「この姥もな、もとは人間だったのじゃ。あまりに長生きをして子供に先立たれ、孫やひ孫に養われておったが、厄介者になって家に置いてもらえなくなっての、山に入って木の

実を拾って命をつないでおった。あるとき富士の峰から鬼がやってきて気に入られ、いつのまにやら夫婦になってしもうた。昼間に鬼が来て薪を置いていくのでな、夜はこうして火を焚いて過ごしておる」

鬼、と聞くとますます恐ろしくなりましたが、山姥は姫に、

「頭がかゆいので、頭の虫を殺してくれ」と真っ赤に焼けた火箸を渡しました。

見ると、赤い髪がしゃぐしゃぐまのようにそそけだった中に、角のようなこぶが十四、五ほどあり、その周りに小さい蛇のような虫が何匹もいます。焼けた火箸を押し付けると虫はころころと落ちました。山姥はそれを拾って食べ、ああうまい、と喜びました。

夜が明けると山姥は、

「この袋をお前にやろう。頭の虫を落としてもらった礼じゃ。お前は継母に憎まれてこんな目に遭ったが、後できっと良いことがある。この袋は、将来夫となる男が定まったときに開けるがよい」と小さな袋を渡しました。

また、一粒食べれば二十日は何も食べなくてよい、という米粒を三粒食べさせてくれました。

そのうちに鬼がやって来る時刻になったので、山姥は姫を岩屋の奥の穴に隠れさせまし

た。程なくして不気味な風が強く吹き込み、鬼が姿を現しました。両眼がギラギラ光っています。

「生臭い臭いがするぞ」

「この前食って捨てた獣の骨の臭いじゃよ」

山姥がうまくごまかしたので、鬼は得心して帰っていきました。

山姥は姫を穴から出してやり、

「その姿では人に怪しまれるわ。これを着るがいい」とよれよれになった自分の衣を着せました。

「あの峰を越えると川があるから、必ず川上へ向かって行け。そうすれば人里に着くじゃろう」

こう教えながら、親切にも山道を途中まで送ってくれました。

言われたとおりに行くと、間違いなく人里にたどり着きました。さらに川沿いに上っていくと立派な屋敷の裏門があります。姫の生家も立派でしたが、この屋敷はそれに勝るとも劣りません。立ち止まって眺めていると、中から女が一人出てきました。

「おや、おばあさん。どこから来なさったかね。行く当てがなければ、ここで火の番をして働いてはどうかい」

姫は火の番をしたことなどありませんでしたが、女について行きました。そして、山姥の衣を着ていることで、自分の姿が老婆に見えているのだと気づきました。

この女は、あきのという召使で、とても親切な人でした。姫を自分の部屋に案内して白湯でもてなし、

「このお屋敷はね、中納言殿のお屋敷でね、あたしは湯を沸かす役目なんだけど、あんまり忙しいもんで、だれか釜の番をする人が欲しいと思っていたところなんだよ。ちょうどいいところに通りがかってくれて、ありがたいね」

「慣れぬことですがやってみましょう」

「それはよかった。水はあたしが入れるから、火の番だけしてくれたらいいよ。それにしても気の毒に、元はどんな暮らしをしていたのかねえ。身体も丈夫には見えないしね、おばあさん」と言って、かまどのそばに居場所をこしらえてくれました。

それからは、夜明け前から火を焚く毎日となりました。慣れない仕事ではありましたが、火を焚くだけの仕事はさほど厳しいものではなく、何より奥深い場所で人の出入りがなかったので、決してつらくはありませんでした。こうしてこの年が暮れました。

〔四〕

年が明け、正月十五日になると、中納言家では三人の若君たちお揃いで、新年の宴が開かれました。華やかな祝宴が終わり、皆それぞれの宿所に引き上げましたが、三男の宰相殿だけはなぜか物足りない気がして、おぼろ月をぼんやり眺めていました。すると、屋敷の奥深いところにかすかな明かりが揺らいでいます。不審に思って近寄りそっと物陰から見ると、粗末な小屋の中で十四、五歳くらいの乙女が、豊かな黒髪を蒔絵の櫛でとかしています。その美しさは、絵に描こうとしてもとても筆では表しきれないほどで、まるで磨かれた珠が輝いているようでした。宰相殿はすぐにも中に入りたかったのですが、このようなところにこんな娘がいるというのは、きっと変化の者に違いないと思い直して、その夜はひとまず部屋へ戻りました。しかし心の中はさっき見た乙女のことでいっぱいです。今までに多くの女性たちを見てきましたが、これほどの人はいませんでした。たとえそれが魔物であったとしても、妻にすることができるなら、命を失っても惜しくはないとさえ思えました。

一晩想い続けて夜が明けるのを待ちかね、夜が明ければ一日が暮れるのを今か今かと待ちわびました。家人が寝静まるのを見計らい、やっと昨夜の小屋に忍んでいきました。

姫は小さな明かりの前で指に水晶の数珠をかけ、一心に読経をしていました。存命の父上をお守りください、冥土の母上が成仏なさいますように、と祈って静かに目を閉じた時を機に、宰相殿は中に入りました。

昔懐かしい香の匂いがすることに気づいた姫は、不思議に思って目を開けると、そこに美しい青年の姿があることに驚き、急いで明かりを消しました。

「そんなに驚かないでください。私とあなたはきっと前世からの縁あるものです。先ほどのお経やお祈りの言葉をずっと聞いていました。おそらく身分ある方の姫君と存じます。涙で濡れた袖を私が乾かしてさしあげましょう」

宰相殿の言葉にも、姫は袖で顔を隠したまま答えません。

「ではこちらから名乗りましょう。この屋敷の主は、昔は都に住んでいた中納言ただふさと申します。都暮らしが煩わしく、ゆかりのあるこの里に住まいを定めました。私はその三男で、宰相と申します。決して怪しいものではございませんから、ご安心なさい」

姫はやっと小さな声で答えました。

「私は身分の低いものでございます。このような姿をお見せして、ただ恥ずかしいばかりでございます。どうか私のことはお忘れください」

「いいえ、何をおっしゃっても無駄です」

宰相殿は小袖を脱ぐと床に敷き、一夜を共に過ごしました。

宰相殿の喜びはたとえようもありませんでした。明けやすい春の夜は早く、心を残しながらも人目を忍んで宰相殿が帰っていくと、姫はいつものように山姥の衣を着て釜の火を焚きました。

火焚きの老婆がいつにもまして、物思いに沈んでいるのを見たあきのは、

「かわいそうに。おばあさんは体具合が悪そうだね。ちょっと休んでおいでよ」と気遣ってくれました。

姫は、宰相殿の気まぐれでこのようなことになり、万一、人に知られたらどんな目に遭うかもしれず、いっそ死んでしまいたい、と思いました。しかし宰相殿はそれからも毎晩通ってきました。四、五日もすると二人は、来世までも、と固く誓い合う仲になりました。

いつまでも姫をこのままにしておくことはできないと思った宰相殿は、乳母の家にかくまうことにしました。

ひそかに知らせを受けた乳母は、大切な若君の頼みを聞き入れ、わが家を丁寧に掃除して客人を待ち受けました。

その夜、姫は宰相殿の衣装に着替え、これまで身を守ってくれた山姥の衣を大切に抱えました。宰相殿は女物の小袖を被って姿を変え、二人でそっと屋敷を抜け出しました。

乳母は、両親に言えない相手とはいったいどんな娘か、と心配していましたが、気高く美しい乙女の姿を一目見るや、すべて納得しました。そしてすぐに祝いの杯を運び、二人の仲を祝福しました。

それから宰相殿が毎日通ったのはいうまでもありません。乳母とその娘も心を込めて姫のお世話をしたので、姫の気がかりはただ、父上と明石たちのことばかりになりました。

一方中納言殿の屋敷では、釜焚きの老婆が突然いなくなったことを、皆不思議に思いました。特に、あきのはたいそう心配しました。すると、ある人が、

「きっと冬のあいだお前が釜焚きで忙しいのを見た仏様が、手伝いにいらっしゃったにちがいないさ」となぐさめました。

[五]

宰相殿の母君はかねてから、何事につけても優れた才能を持つ三男に、ふさわしい妻を選んでやりたいと考えていました。ある日、部屋を出て行く宰相殿の後姿が一段と大人びてきたのに気付いて、宰相殿の乳母に、

「そろそろ嫁選びをせねばならぬな」と相談しました。

乳母は、

「そのことでございますが、若君がひそかに通っておられる方があると聞きました」と申し上げました。母君は驚き、

「一体どんな相手なのじゃ」

「いえ、詳しいことは何も」

乳母は口を濁しました。

「ふさわしい者ならばよいが、どこの誰とも分らぬのでは困ったものじゃ」

すると母君に仕える老女が言いました。

「嫁比べをなさいませ。もしふさわしくない女となれば、若君も諦められましょう」

早速、翌日を梅見の宴と定め、若君たちにそれぞれ妻を伴って出席するよう伝えました。

宰相殿からも臆することなく、出席の返事が戻ったので、母君に仕える侍女たちは、

「宰相殿がこれほど世間体を気になさらない方とは思いませんでした」などとささやきあいました。

母君も、一体どうなることかと心配でなりません。

翌日の催しについて聞かされた姫は、

「私は妻としてふさわしいものではございません。母君の御心にお従いなさいませ」と遠慮しますが、宰相殿は、

「この世の果てまで姫と一緒に行くつもりです。いつまでも今の暮らしを続けているわけにはいきません」と後に退きません。

宰相殿の乳母も、自分の娘のためにと、かねてからあつらえていた衣装を取り出して姫の肩に掛けながら、

「決してどなたにも負けはなさいませんよ」と励ましました。


翌朝になり、姫は美しく化粧をして出発の時を待ちました。そのとき山姥に貰った小袋のことを思い出しました。『夫婦の縁が定まったときに開けて見よ』とは、今のことに違いないと気付いて、屏風の陰で開けたところ、中から五色の玉が転がり出ました。と見るうちに玉は形を変え、金銀、綾錦、着物、帯、かもじ、男物の衣装から、太刀、刀など、さまざまの宝物が山のように積み重なりました。

呼ばれた乳母が驚いていると、姫は、

「これは観音様が下さったに違いありません」と言いました。

「それでは、観音様の申し子でいらっしゃったのですね。何より心強いことでございます」

袋から出てきた衣装に着替え、豊かな黒髪の上にかもじを付けて立つ姫の姿は、花のようです。屋敷から、早く来るように、との使いが来たとき、乳母は、輿を迎えに来させる

ように頼みました。人々は半ばあきれて、一体何様のつもりだ、とささやきあいました。

兄君二人とそのお付きの者たちは、輿から降りてくる女を大笑いしてやろうと、意地悪く待ち構えていました。ところが、乳母とその娘に手を添えられて現れたのは、目も覚めるように美しい姫君でした。兄君たちは笑うことも忘れて、見とれるばかりです。

座敷には、兄君の嫁御前と宰相殿の妹君が着飾って並んでいます。そこに、たくさんの引き出物を運ばせて、姫が入ってきました。その姿はさながら天人のようで、誰も一言もしゃべることができません。

母君はあまりの嬉しさに、立ち上がって姫の手を取り、中納言殿のおそば近くに座らせて、姫の姿をつくづくと見守るのでした。

その日の宴も終わり皆が引き上げると、姫は客間に案内され、大勢の侍女たちにかしずかれました。母君をはじめ、二人の嫁御前や妹君もやってきて、姫が寂しくないように気を配ってくれました。

姫は、読み書きはもちろん、琵琶、琴を弾いても誰よりも優れていました。

宰相殿と姫のための御殿が新築され、中納言殿からお祝いに、宝物と米を収めた蔵が二つ贈られました。

〔六〕

春、夏と幸せな日々は過ぎていき、七夕の夜のことです。天上で二つの星が再会することを思うと、父上と明石たちに会えないでいる姫は、そっと涙を流しました。その姿に宰相殿は不審を抱きました。

「さては姫にはほかに心に決めた方があったのですね」

そこで姫は初めて素性を明かし、この屋敷に住むことになったいきさつを語りました。継母への配慮から、今まで固く口を閉ざしていたのです。宰相殿は聴きながら涙ぐみ、一刻も早く父上に文を出すよう勧めました。

翌朝まだ暗いうちに、使いがもりたかの屋敷に遣わされました。

昼前に文を受け取ったもりたかは、うれし涙にくれながら返事を書きました。そして早速蔵を開け、いくつもの長持ちに、金銀、金襴、緞子、綾錦、巻絹、鎧兜、太刀、刀などを入れさせました。馬十三頭に飾り立てた鞍を置き、二十人の伴の者を揃えました。が、用心をして、屋敷の者たちには、神仏への祈願に行く、とだけしか教えませんでした。この様子を見た人々は、これまでひっそり暮らしていた殿が一体どうしたのだろう、とささやきあいました。

翌日、父上の到着を待っていた姫は、姿を見ると走り寄り、手を取って座敷に案内しました。姫は、父上が心労ですっかりやつれてしまったのを悲しみ、もりたかは、姫のつらかった体験を聞いて涙を流しました。が、それもつかの間、再会の大きな喜びに満たされました。

珍しい客人の訪れを知った中納言殿が、若君たちを従えてやってきました。互いに丁寧なあいさつを交わしたのち、中納言殿はもりたかに、これからは宰相殿をわが息子とするよう勧めました。姫に再会できたばかりか、立派な婿まで得たもりたかの喜びは言葉にならないほどでした。運ばせた宝物を中納言殿に贈り、しばらく滞在して屋敷に戻っていきました。帰ってみると、継母の北の方はどこへともなく姿を消していました。

もりたかは宰相殿と姫を迎え、所領、屋敷、財産のすべてを譲りました。やがて二人の間に姫君や若君が次々に誕生し、迎えられた宰相殿の乳母と明石が心を込めて養育に当たりました。

もりたかにも、中納言殿の姪で、独身だった姫君が後添えに決まり、仲睦まじく暮らしました。

姫は、このように幸せに暮らせるのも、亡き母上のご恩によるものと、いっそう篤く観音様を敬いました。また、親切なあきの夫婦を呼び寄せてよい家に住まわせ、姫が生きている、と占った巫女にも褒美が与えられました。

そして、姫を守ってくれた山姥の衣は、持仏堂のそばに築かれた塚の中に納められ、山姥がいつの日にか心安らかに成仏するようにと、手厚くまつられたということです。

（終わり）

明石の三郎

この話の主人公たちは、たびたび熊野権現に守られます。語り物として親しまれた御伽草子の語り手に、熊野信仰を布教する女性たち（のちに熊野比丘尼と呼ばれる）が多くいたことが背景にあると考えられます。

熊野信仰は熊野三山（本宮・新宮・那智）への信仰です。平安時代の院政期に、多くの上皇が参詣を重ねたことでその名が知られるようになり、中世には一般の人びとにも浸透していました。

六世紀に日本に仏教が伝来し、古代から続く神道との共存を図るために「本地垂迹説」（ほんじすいじゃくせつ）が生まれました。本体であるインドの仏が、人びとを救うため、かりに神となってこの世に現れる、という考え方です。熊野も山岳宗教と仏教が結びつく「神仏習合」の地でした。仏教の教義をわかりやすく、また興味深く伝えるための物語は「本地物」と呼ばれます。

底本として「室町時代物語大成　第一」七一頁から九七頁所収の「あかしの三郎」（天理図書館蔵　天文二三年　写本）を用いました。

〔一〕

昔のお話です。

播磨の国に、明石の左衛門の尉重高という人がいました。才知、才覚、芸能、すべてにおいて人に優れ、武術も並ぶ人がいなかったので、近国の人に、この人あり、と恐れられていました。

しかし残念なことに、子どもがいませんでした。そこで熊野の社に参詣し、子宝が授かるよう夜通し祈ったところ、鬼瓦を神からいただいて懐に収める夢を見ました。家に帰ってしばらくすると、北の方が懐妊し、十月後に輝くばかりの若君が誕生しました。両親はたいそう喜んで大切に育てました。

若君が四歳の春、摂津の国の多田の刑部家高という人が明石に遊びに来て、重高の屋敷に十日ほど滞在しました。重高は、刑部の二歳になる姫と若君の縁組を申し出て、二人は許婚の間柄になりました。

若君は九歳で元服し、明石の三郎重時と名乗りました。十三歳になり力比べをすると、八十五人分の力を見せ、弓矢や乗馬などの武芸に秀で、ことに足の速さにはかなう人がいませんでした。顔立ちも美しく、芸能にも優れ、近国で知らないものがないほどの若者になりました。

十七歳になると、許婚の姫君が嫁ぎ、「明石の御前」と呼ばれるようになりました。両親と、若い三郎夫妻は仲良く幸せな日々を送っていました。しかし、五年後、父の重高が六十三歳になったとき、急な病で亡くなってしまい、北の方も間もなく後を追うように亡くなりました。三郎夫妻は深く悲しみ、三年の間喪に服したのち、熊野に参詣しました。


その頃、京の都に七条の殿下という人があり、その息子で高松の中将頼氏という人がいました。三郎夫妻が熊野に滞在しているときに、中将も熊野にやって来ました。

那智の山で明石の御前を見かけた中将は、世の中にこのように美しい人があるのか、と一瞬で心を奪われてしまったのです。都に戻ってもその人の面影が胸から離れません。調べさせると、それは明石の三郎の北の方であることがわかりました。次第に想いが募った中将は病の床に臥してしまい、父の七条殿下は何とかしなくてはと、家来の国高に相談しました。

国高は、

「明石の三郎という男は、このあたりで知らぬものはないほどの強者でございます。正面から向かっても勝ち目はございません。私に一つ策略がございます。北の方の父、多田の刑部は欲の深い男として有名です。そそのかして、三郎をだまし討ちにいたしましょう」とささやきました。

七条殿下から、三郎の領地が自分のものになる、というはかりごとを知らされて、刑部は息子たちに相談しました。

長男は、しばらく考えてから言いました。

「殿下のお申しつけであれば断るのは難しいですが、三郎殿が四歳、姫は二歳のときから結ばれております。その二人を引き離すことなど、とてもできません」

また、次男も言いました。

「三郎殿は優れた武将です。攻めればかえってこちらの身が危険です」

これを聞くと刑部は腹を立て、二人を勘当してしまいました。兄弟は仕方なく家を出て、高野山に上って行きました。

これに対し、腹違いの弟である三男と四男は、毒酒を飲ませて殺してしまいましょう、と言ったので、父の刑部は大いに喜びました。

刑部からの『遊びにおいでください』という誘いに応じ、三郎は家来たちを引き連れて、摂津の国へ向かいました。武将としての心構えで、家来たちに、休む時には二手に分かれて眠るように命じました。

刑部は三郎のために新しい家屋を建て、家来たちには別の宿所を準備していました。しかし三郎は、家来たちと一緒にいることを強く望みました。そして不測の事態に備えて、いつでも出陣できるように、自らも武器を手放しませんでした。

歓迎の酒宴が始まりました。刑部から三郎に、秘蔵のよろいや太刀などが贈られ、酒がどんどん注がれました。が、三郎は少しも酔いません。家来たちも用心深く飲んでいます。何も入っていない酒では酔いつぶれさせることができないとわかり、かねて用意していた毒入りの酒を飲ませることになりました。

三郎はそれも平気で飲み続けます。三郎の周りに一羽の青い蝶が飛び回り、時折杯に止まります。刑部は、三郎が平然としているのは、自分の家来が毒を入れ忘れたのではないかと、疑いました。陰で家来に飲んでみるよう命じたところ、家来はあっけなく死んでしまいました。実は、三郎を守ってくださる熊野権現が、青い蝶になって、毒を薬に変えてくださったのでした。

この時は危機を潜り抜けた三郎ですが、刑部はあきらめません。いったん播磨に戻っていた三郎にまた書状を送りました。京の都で近国の武者揃えがあるので、都に上るように、という内容です。三郎は家来の中でも精鋭の五十人を選んで連れて行きました。

都の宿所にいるところへ、熊王御前と名乗る女が訪ねてきて、そっと教えました。

「七条殿下の子息、高松中将が熊野参詣のおり、三郎殿の北の方を見初めて恋の病にとりつかれ、それを嘆いた父君が、多田の刑部をそそのかして、三郎殿を亡き者にしようと企んでおります。武者揃えというのは偽りで、大勢の武者たちが待ち構えております」

三郎は熊王御前に、持っていたすべての金を渡して、礼を述べました。そのあと北の方に『来世でも必ず一緒でいよう』と、いきさつも記した手紙を書き、ひそかに明石へ使いを送りました。

翌朝、七条殿下の家来、国高を大将とする大軍が、三郎の宿所を取り囲みました、その数七千、対する三郎方は五十、いくら精鋭揃いとはいえ、数の差はどうしようもなく、家来は皆討ち死にし、ついに三郎は生け捕りにされてしまいました。身柄は津軽（今の青森県西部）の武士、忠八に預けられ、五年後の五月二日に処刑されることになりました。

［三］

一方、書状を受け取った北の方は、父の刑部の行いを嘆きながらも、急いで屋敷を逃れ京へ向かいました。

侍女の常盤とただ二人、人目を避けて間道を進みましたが、道行く人のうわさから、二人に追手が向けられていると知りました。

「奥方様、敵を欺くために、辞世の歌を書き、着物を脱いで渚に置いて、身投げをしたと見せかけましょう」

常盤の機転もあり、二人は何とか都にたどり着くことができました。目立たないように用心しながら清水に参詣し、夜通し三郎の無事を祈っていると、若い尼君が近寄って来ました。

「どちらからおいでの方か存じませんが、深いお悩みがおありのようですね。実は私にも心配事がございます。それは、播磨の明石三郎殿の北の方のことです。熊野に参詣された折、高松中将殿に見初められました。中将は恋の病にとりつかれ、それを嘆いた父君の七条殿下が、多田の刑部をそそのかし、三郎殿を亡き者にしようと謀られました。三郎殿は生け捕られ、津軽に流されてしまいました。私は俗世では熊王と申しましたが、今は仏道に入って尼になり、三郎殿が息災でおられるように祈っております」

北の方は名乗りたい気持ちを一生懸命抑えて、この尼に心から感謝しました。三郎が生きていることがわかったので、後を追って津軽へ行くと決めました。常盤は、どこまでもお供します、と言ってくれました。この時北の方は懐妊していました。

東海道を二月ばかりとぼとぼと下って、小夜の中山にさしかかったときに、北の方は産気づきました。ともかく人里までたどりつこうとするのですが、日も暮れ、疲れ切った北の方はもう一歩も進むことができません。二人の上に雪が降りかかります。北の方にせめて水を差し上げようとして、常盤は谷に下りましたが、暗がりで道に迷ってしまいました。

夜通しさまよっているうちに、常盤の耳に赤子の声が聞こえました。その方へ急いで行くと、北の方は息をしていません。常盤は泣きながら赤子を懐に入れて温め、北の方の脚をわきの下にはさみ、何とか生き返らせようとしました。

あたりが少し明るくなり始めたころ、どこからともなく、紫の衣を着た女人が現れました。「お気の毒に」と言いながら、北の方の口に薬のようなものを含ませました。すると、北の方は息を吹き返しました。

「もうはるか昔のことですが、私は筑後の少将の妻でした。夫が罪もないのに東国に流され、その後を追っている途中、ここ、小夜の中山で命が尽きてしまいました。そののちは山の神となり、困っている旅人を助けています。この雪の中、赤子を連れて行くのは大変です。私に預けなさい。十五歳まで大切に育ててあげましょう。安心なさい」

北の方と常盤はありがたさで涙を流しながら、この人に手を合わせました。

さてここに、ひとつの不思議なことがありました。奥州に住む信夫（今の福島県の一部）の庄司、佐藤元高という人が熊野本宮に参詣したところ、小夜の中山で子を授かる、というお告げを受けました。

帰国の道で小夜の中山を通りかかると、まさに生まれたばかりの赤子が泣いています。これこそ熊野権現から賜った子だ、と大切に拾い上げました。

元高は次の宿場で、訳がありそうな二人連れの女を見かけ、この子の母親は、奥方様と呼ばれている人に違いない、と確信しました。問いただしても、北の方は何も語りませんでした。が、元高は大切な子の母親として丁寧に扱い、輿に乗せて赤子と一緒に奥州まで帰りました。帰宅すると立派な屋敷を建てて、北の方を「京の御方」と呼び、母子が不自由なく暮らせるように、しつらえてくれたのでした。

若君は美しく賢く、光るような男の子に育っていきました。熊野権現からいただいた子だからと、元高は「熊王御前」と呼んでかわいがりました。そのようななかにあっても北の方は、三郎のことが心配で、心安らぐことはありませんでした。

[三]

さて、津軽に流された三郎のほうは、昼夜厳しく見張られながら牢で日を送っていました。五年が過ぎ、いよいよ明日が処刑されるという日のことです。身柄を預かっていた忠八が、別れの酒を持ってきました。三郎は五年間の世話に礼を述べました。忠八が去り、牢の周りを見ると、名高い勇者である三郎の処刑の様子を見物するために、多くの人が集まっています。三郎は、十三歳のときに力比べをして、八十五人を打ち負かしたのだから、この牢くらい破ることができそうなものだ、と気づきました。するとどこからともなく、熊野権現が六人の山伏に姿を変えて現れ、牢を出よ、と勧めます。これに勇気をもらって、力いっぱい格子を押すと、さも頑丈な牢も簡単に壊れてしまいました。

三郎は飛ぶように逃げ出し、五十人の追手をもってしても、追いつくことはできませんでした。普通の人が五日かかる道のりを、たった一日で駆け抜ける速さでした。

三日目に、信夫にある佐藤元高の屋敷の門前にさしかかりました。それはちょうど五月五日のことです。この日は若駒を乗り馴らす日にあたっていました。屋敷内の様子を見ていた三郎は、思わず、乗り手が未熟だ、と声を上げました。気分を害した家人たちが、ならばお前が乗ってみよ、と迫りました。

三郎は元高の前で、四十二頭の馬を見事に乗りこなし皆を驚かせました。この人はただものではないと感じた元高は、三郎を客人として丁重にもてなし、三郎が体格に似合わず痩せているのをみて、しばらくここにとどまり、養生するよう勧めました。

滞在するうちに、三郎の器量にほれ込んだ元高は、三郎に後ろ見になってもらいたい、と望むほどになりました。三郎にずっとここにいてもらうためには、妻を持たせるのがよかろう、その相手として京の御方がふさわしいと考えました。

おりしも七月七日のこと。北の方は、天空で再会する二つの星のことを思い描いて、いまだに夫と会えないことを悲しんでいました。元高は遠慮しながら縁談を持ちかけましたが、夫のことしか心にない北の方は、受け入れません。けれども、世話になっている元高の申し入れを断ることは、なんとも申しわけのないことです。北の方が涙を流すのを見て、常盤が言いました。

「五月頃からこちらに滞在している殿方が、噂によると三郎様によく似ておいでなのです。もしかすると、牢を破ってこちらまで逃げていらっしゃったのかもしれません。私が確かめてまいります」

翌日三郎に対面した常盤は、まちがいなく三郎本人であることを知り、それからは大騒ぎになりました。北の方や若君が喜んだのはいうまでもなく、元高もたいそう喜んで、それからもいっそう、大切に扱ってくれました。

十月になると、三郎は七百騎を率いて都に向かいました。三郎を慕う強者たちがどんどん増えて、都に近づいたときには、一万騎の軍勢にまでなっていました。都では、三郎に攻め殺されるかと大混乱になりました。改めて三郎の処分を調べるようにと、帝が命じられ、非は高松中将のほうにあることが明らかにされました。三郎に攻められることを恐れた中将は、いち早く髪を下して高野山に逃れました。

三郎は刑部の屋敷を取り囲みました。刑部も出家することで助かろうと、大慌てで髪を下ろしましたが、ところどころをそり残すありさまでした。刑部の三男と四男は捕らえられ、首を斬られましたが、北の方が悲しむことを思いやり、刑部の命は助けました。

北の方、若君、常盤たちは、元高に付き添われて京に上ってきました。

帝から、善い行いをした元高に領地が授けられました。高野山に上っていた刑部の長男と次男は俗世に戻ることになり、領地が与えられ、父の身柄も預けられました。

三郎は明石に戻ると、京で捕らえられたときに、命をなげうって守ってくれた五十人の家来たちを手厚く弔いました。また、京で親切にしてくれた熊王には、一生不自由なく暮らせるように計らいました。

帝から篤く信頼された三郎は、やがて父の務めていた「左衛門の尉」を引き継ぎました。

男子七人、女子五人の子宝にも恵まれ、このような武者は昔から今に至るまでいるものではないと、人々からうらやまれたそうです。

（終わり）

甲賀三郎物語

この話は本地垂迹説に基づく「本地物」の一つで、底本は「すはの本地」といいます。「本地物」というのは、本地垂迹説に基づき、インドの仏が神社の御祭神となったいきさつを物語るものです。この物語の主人公・甲賀三郎は伝説上の人物で、民間に伝わっていた伝説が取り入れられたようです。

「諏訪の本地」には多くの伝本がありますが、この本では主人公の名前が「兼家」となっているものを取り上げました。そして、主人公が冒険をする前半の部分のみを再話しました。

底本として「室町時代物語大成　第八」一四七頁から一七四頁所収の「すはの本地」（赤木文庫蔵　江戸時代初期　絵入写本）を用いました。

【一】

昔のお話です。

甲賀（今の滋賀県南東部）の郷に、権守兼藤という人がいました。弓の上手な三人の息子があり、長男の太郎兼正は四人張りに十四束、次男の二郎兼光は五人張りに十五束、三男の三郎兼家は七人張りに十七束を引く剛の者として知られていました。

父の兼藤は八十三歳で亡くなる前に、三千八百町の所領を三人の息子に譲りました。それぞれに千二百町を等しく分け与えた上で、太郎には残りの二百町を付け加えました。また三郎には、『菊水の花の種』と『ゆうまんじょうの杖』を与えたのでした。この二つはともに、死んだ人を生き返らせることができるという家宝でした。父は三郎の器量を見抜いていたのです。

父の死後しばらくの間、兄弟は平穏に暮らしていましたが、ある日のこと、太郎が弟たちにこう切り出しました。

「こう何事もないと腕がなまってしまうな。ひとつ腕試しに出かけたいものだが、お前たちは、海と山とどちらが恐ろしいと思うか」

するとニ郎は、

「海には鯱や鱶などという恐ろしい生き物がいると聞きます」

三郎は、

「いえ、山にこそ化生、魔物が多くひそんでいると思います」と答えました。

「昔からどちらとも見極めたものがいなかった。われら甲賀の武者がたずね当てたとなれば、末代までの名誉というものじゃ。まずは三郎の言うことにしたがって、山からさぐってみようぞ」

兄弟は屈強の若者三十人を引き連れ、三年近く日本中の山々を尋ね回りましたが、魔物には出会えませんでした。

ちょうど三年目にあたる八月十日のことです。信濃の国、黒姫山の東に幕屋を張り、夕食をとりながら、太郎が二郎に言いました。

「三郎の言うことを聞いて山々を探し回ったが、結局魔物を見つけることはできなかった。三郎が嘘をついた罰に、所領を取り上げ、私とお前とで分けようではないか」

それを聞いた三郎が幕屋の外で一人嘆いていると、明るい月の光の中に、どこからともなく白いひげの老人が姿を現し、

「若狭の国、こうけん山に行ってみなさい。悪魔や化け物がいるといわれております」と教えてくれました。

三郎はあまりの嬉しさに、着ていた白い小袖を脱いで老人に与えました。三郎からこの話を聞いた兄たちも機嫌を直すと、早速こうけん山に向かいました。

〔三〕

ふもとに着くと、向こうから鍬を肩にかついで畑仕事から戻ってくる老人がやってきました。

「あんたがたはどこへ行こうというのかね。この山は魔王が住むといわれておって、山に入ったものは戻ったためしがないいんじゃよ」

「そいつはしめたもんだ」

皆はひるむどころか喜び勇んで山道を登り始めました。道はすぐに途切れ、深く茂った草や潅木を分けて二日ほど進むと、目の前にぽっかりと、すすき野が広がりました。あたりはどんよりと暗い雲に包まれ、生臭い風が頬をなでます。近づいて見ると数え切れないほどの白骨が積み重なっていました。そこを過ぎてしばらく行くと平らな野原があり、楠の大木が一本立っていました。その太い枝には、三か所にはしごをかけた見張り台がありました。南から太郎、西から二郎、東から三郎が家来たちと昇り、見張り台を作った主が現れるのを、いまや遅しと待ち構えました。

時節は八月中旬、月がこうこうと輝いています。皆が弓を構えて待っていると、三十頭あまりの鹿の群れがやってきました。一同は狙いを定め、それぞれ一頭ずつ仕留めることができました。

かれこれ真夜中に近づいたころです。空に群雲がさっと一流れ現れた、と見るうちに雷が激しく鳴り渡りました。それはさすがの甲賀武者でも縮み上がるほどの大音量でした。しばらくして、空はまたもとの明るい月夜に戻りましたが、雲の上から、「人くさいぞ、人くさいぞ。久しぶりにうまいものが喰えそうじゃ」という大声がとどろいたと思う間もなく、太郎と二郎と家来たちは、一度に髪をつかまれて空へと連れ去られていきました。一人残った三郎は弓をひきしぼり、ヤッと放せば手ごたえがあり、何かが音をたてて落ちてきました。

夜が明けるのを待ちかねて、あたりを見回すと、太郎、二郎をはじめ家来の者たちは皆息絶えていました。三郎が、父からもらった『菊水の花の種』を皆の口に含ませ、『ゆうまんじょうの杖』で三度体をなでると、皆は生き返りました。

三郎が射落としたのは、腕の回りが四尺八寸、十の指が十二組もある腕でした。三郎は、この腕の主を探して退治しよう、と言いますが、兄たちはすっかりおびえて、従おうとはしません。そこで三郎は、

「先だっては、私が偽りを言ったとなじったではありませんか。兄さんたちがここで引き下がるなら、領地を半分ずついただきますよ」と詰め寄りました。

臆病者と噂されるうえに、領地まで取り上げられてはかないません。兄たちはしぶしぶ三郎についていきました。

魔物の足跡をたどって行くと、大きな岩屋の前に出ました。中から、

「これは大変なことになったわい。今まで何人も人間を喰ってきたが、こんな手ごわいやつに遭ったことはない。人をつかむ腕を射落とされてしまったが、どうしたものか」と、うめく声が聞こえてきました。三郎は、

「中にいるのは何者だ、出て来い。出てこなければ火攻めにするぞ」と叫びました。

しばらくして姿を現したのは、思いもかけず、十七、八歳くらいの貴公子でした。三郎とまともに対決してはかなわない、と思った魔物が姿を変えたのです。三郎は魔物が本来の姿を現すようにと、三十人の家来に一斉に矢を射かけさせました。そこでやっと、身の丈二十五丈、八つの顔を持ち、十六の瞳を見開き、百八の角を持つ魔物が正体を見せました。魔物は「麒麟王」と名乗りました。三郎が麒麟王に剣を投げつけると、狙いたがわず、みごとにその首を切り離しました。しかし首は地面に落ちることなく、空に舞い上がってはまた元に戻るのです。そのたびに三郎が剣を投げる、ということを何度も繰り返してい

るうちに、首はどんどん短くなって、十八回目についに空のかなたへ飛んでいったきり、二度と戻りませんでした。

一同が麒麟王の岩屋の中に入ってみると、床に三枚の板が敷かれていました。引き上げると、底の知れないほど深い穴があり、深さを探るために弓を差し込んでみましたが、何の手応えもありません。そこで三郎は、外に生えていた葛の蔓を編んで太い綱を作り、かごを取り付けて、穴の底へ降りてみることにしました。万一の場合は、北の方と四歳になる長男の小太郎に届けてほしい、と形見の腰刀を太郎に託しました。

暗くじめじめとした穴の中を、どこまでも降りていった三郎は、やっと地底にたどり着くと、南の方角へ歩いていきました。

しばらく行くと御殿が現れました。金銀の縁で飾られた畳が百枚も敷き詰められ、七重に掛けられた御簾の奥に、十二、三歳くらいの姫君が十二単を着て、水晶の数珠を手にお経を唱えていました。三郎は剣を構えながら、

「魔物ならば正体を現せ」と強い口調で呼びかけました。

すると姫は鈴を振るような声で、

「私は魔物ではありません。都の一条大納言の娘ですが、麒麟王に捕らえられ、三年の間閉じ込められているのです」と、さめざめと涙を流しました。

そこで三郎は、乗ってきたかごに姫を乗せ、共に引き揚げられて無事地上に戻ることができました。

ところが姫は、

「まあ、どうしましょう。父上からもらった大切な鏡を忘れてきてしまいました」と、泣き出してしまったのです。

哀れに思った三郎は、再び穴の底へと降りていきました。

この姫は例えようもないほど美しい人でした。地上で待っている太郎と二郎は、三郎を亡き者にして、姫を自分たちのものにしたくなりました。ついでに三郎の領地も二人で分けてしまえばなおさら好都合です。二人は葛の綱を切ってしまいました。

地上での悪企みを夢にも知らない三郎は、鏡を見つけると引き揚げてもらうために綱を引きました。しかし綱は手応えもなく落ちてきました。

「ああ、兄さんたちはあの姫君に心を奪われて、私を捨ててしまったのか」

三郎は、何とか地上へ昇る道はないものかと、あたりを見回しました。すると地面に板が敷いてあるのを見つけました。持ち上げると、底の知れない暗い穴がぽっかりと口を開けています。こうなれば身を投げて死んでしまおう、と西と思われる方角を向き、念仏を十回唱えてその穴の中に飛び込みました。三郎はうつ伏せになり、仰向けになり、くるくる回りながら、どこまでもどこまでも落ちていきました。

〔三〕

落ちては目覚め、眠っては落ち、三年と三か月も経ったと思われる頃、ようやくたどり着いたところは、柴の野原でした。白く続く一本の道を歩いていくと、楠の林がありました。そこを過ぎて七里ばかり行くと、今度は道が幾筋にも分かれています。ここが六道の辻ならば、西が極楽、と思った三郎は西に向かいました。しばらく行くと粟畑に出ました。見張りのやぐらが建ててあり、その上で八十歳くらいの翁が古びた弓に矢をつがえ四方を眺めています。三郎を見つけて尋ねました。

「どこから来たのじゃ」

「日本から来たのですが、道に迷ってしまいました」

「それはさぞ腹が減っていることじゃろう。ここにいて鹿を追い払っておれ。食べ物をもってきてやろう」

翁が家に戻っている間見張っていると、大きな鹿がやってきて、粟を食べ始めました。大声を出して追い払おうとしても逃げません。仕方なく弓を引こうとしますが、疲れきっているので、いつもの力が出せません。全身の力を振り絞って、やっとのことで矢を放つと、鹿の両眼の間を射通すことができました。
　そこへ老人が戻ってきて、たくさんの食べ物を目の前に広げました。

「日本へ帰りたいならこの食べ物は一口も食べてはならん。しかし、ここに留まりたいなら思う存分食べるがよい」

　どうしても日本へ帰りたい三郎は、ぐっと我慢しました。すると老人は、
「今仕留めた鹿の皮をはぎ、その肉なら食べてもよいぞ。ここは根の国と呼ばれ、日本へ戻る道は八十六通りあるが、一番近いのは熊野権現が通われた道じゃ。この鹿の皮を焼き、一寸四方に切り分け、四百八十六枚持って、七日に一枚ずつ食べるがよい。ちょうど七日毎に水が湧いたところがあるから、鹿の皮一枚と水三口だけをとり、他は一切口にしてはならん。この着物を着て行け。決して後ろを振り向くでないぞ」と、丁寧に教えてくれました。

〔四〕

　ひたすら歩き続け、四百八十六枚の鹿の皮を全部食べ終わった日、穴の出口にたどり着きました。目の前に明るい空が開けています。外に出て見ると、南には広い草原が広がっていました。西の方角には人里があり、そのそばに大きな道が続いて、二人連れの商人が

歩いています。

二人の交わす話から、狩をして遊んだ浅間山のふもとにたどり着いたことを知って、飛び上がりたいほど喜びました。

今までの旅路から思えば、故郷はもう目と鼻の距離です。

木曽路をたどり近江の国（いまの滋賀県）へと急ぎ、六月十六日の深夜、やっと甲賀の我が家に帰り着くことができました。

すぐにも家に飛び込みたい気持ちを抑えて、夜明けを待つことにしたのは、こんな夜更けに突然戻っては、皆が驚くに違いないと気遣ったからでした。

一方、その夜、屋敷の中では息子の小太郎が、

「起きよ、起きよ」と亡くなった父が、しきりに呼びかける夢を見て目を覚ましました。

すぐに母の部屋に行き、そのことを告げました。

「父上が亡くなられたのは、お前が四歳のときでしたね。お前は今年三十八になったのですね」

窓の外でそれを聞いていた三郎は、地上ではもうそんなに時が経っていたのかと、胸を一杯にして夜明けを待ちわびました。

東の空が白み始めると、喜作という昔からの使用人が、庭の掃除を始めました。懐かし

さからすぐに喜作に近寄っていくと、なんとしたことでしょう。

「うわー」

喜作は恐ろしそうに飛び下がりました。その声を聞きつけて下働きの女たちが集まってきました。

「あ、あの大蛇が広縁におって、ワシに近寄ってきたんじゃ」

喜作は三郎を指差してわめきます。女たちも三郎を遠巻きにしながら、

「恐ろしや、恐ろしや。あんな大蛇がこの世にいるとは」と、皆口々に言い合います。

「主人の兼家が戻ってきたのじゃ。めでたいといわず蛇というは、何事ぞ。北の方と小太郎に早く会わせよ」と、一生懸命呼びかけるのですが、

「この蛇は口を動かして、まるで何かを呪っているようじゃ」と、身を寄せ合っているばかりです。

小篠という召使が、

「この蛇には耳も目も鼻もあるよ。こういうのには、鼻をいぶしてやるのが一番こたえるらしい」と、煙を焚き始めました。

これには三郎もかなわず逃げ出しました。

さては自分の身体は蛇の姿に変わってしまったのか、と気付いた三郎は、そばにあった

お堂の縁の下に潜り込みました。

そこへ村の女たちが十人ほど通りかかりました。中の一人がお堂の縁側で休みながら、「子は持つべきものよのう。このお堂は甲賀三郎殿の子息小太郎様が、亡き父上の三十三回忌の供養のために建てられた観音堂じゃが、ちょうど今夜は命日の六月十七日、大勢の人がお参りにくることじゃろう」とつぶやきました。三郎は、『小太郎は私のためにこのお堂を建ててくれていたのか。なんとしても、元の人間の姿に戻りたいものだ』と、ひたすらお経を唱え続けました。

夜になると、お参りの人の波がどんどん多くなってきました。その中に、老僧と若い修行僧の二人連れがありました。若い僧が、

「南閻浮州（なんえんぶしゅう）のほかにも、国はあるのですか」と尋ねると、老僧は、

「お前は倶舎論（仏教の基本経典）を読んだことはないのか。概略を語ってやるからよく聞きなさい。まず、南閻浮州があり、その上に四王天、忉利天、都率天、一方下側には根の国といわれる国がある。根の国からわが国へ通う道は八十六通りあるが、熊野権現が通われた道が最も近道じゃ。が、難所が続くので、蛇に姿を変えて通われたのじゃ。根の国から着てきた着物を着替えないうちは、大蛇のままであるから、もし道で大蛇に行き会っても手荒に扱ってはならんぞ」と語って聞かせました。

『これは御仏が私のために語ってくださったに違いない。ありがたいことだ』

縁の下で聞いていた三郎は合掌して、夜明けを今か今かと待ち続けました。ようやくあたりが明るくなり始め、お参りの人の姿もなくなったので、三郎は縁の下から這い出し、根の国から着てきた着物を脱ぎ捨てました。するとそれは三匹の蛇に姿を変えて、三方へ分かれて消えました。丸裸のまま座っていると、どこからともなく老僧が現れ、一枚の白い小袖を置くと、かき消すようにいなくなりました。

小袖を着終えたときに、昔から三郎に仕えていた新八という家来がお参りにやってきました。さあそれからは大騒ぎです。

屋敷に戻った三郎は北の方や小太郎に、今までの出来事を一部始終語って聞かせましたが、そのために一昼夜も費やしたほどでした。


さて、三郎を亡き者にしようとした兄たちを懲らしめるために、三郎と五十人の若武者が、太郎と二郎の住む屋敷を取り囲みました。兄たちは碁を打っていましたが、三郎にかなわないことをよく知っていたので、自害しようとしました。

そのとき、あの岩屋で助けた姫が、

「お待ちください、私が仲直りをさせてあげましょう」と申し出ました。

姫は今も救い出されたときと変わらず、十二、三歳の姿をしていました。

「実は私は御仏の使いです。若狭の国、こうけん山に麒麟王が住みつき、人々が困っているのを御仏が憐れみ、甲賀三郎殿に退治させようとなさいました。そこで、あなた方ご兄弟に海山の論争をさせ、三郎殿に御仏の力を添えて、退治に出かけるよう仕向けられたのです。どうぞ兄上たちを恨まないでください。みな御仏のご配慮なのですから。旅の途中で出会われた翁やお坊様や、商人たちも皆、御仏のお使いだったのです」と打ち明けました。

すべて御仏の仕組まれたことだったと知った三郎が、兄たちを許したのは言うまでもありません。

その後、三郎は家督をすべて嫡男の小太郎に譲り、隠居の身となりました。

（終わり）

厳島の本地

厳島神社は広島県廿日市市宮島町にあり、ユネスコの世界文化遺産に一九九六年に登録されました。現在の厳島神社の社殿は、平安時代に平清盛公が造営したものですが、最初の神社は、六世紀・推古天皇の時代に造られた、と言われています。

また宮島は、お宮のある島ということで、島全体が「宮島」と呼ばれ、江戸時代から日本三景の一つとして有名です。

この話は「本地物」で、伝本も多く存在しています。姫宮が日本に飛来するまでの物語は「熊野の本地」と大変よく似ています。

王子が、亡くなった母の身体に守られて成長する場面は、現在の常識では到底納得できないものです。しかし「厳島の本地」だけでなく「熊野の本地」にもその場面があることから、物語の聞き手である当時の女性たちには、共感をもって受け入れられていたのではないかと思います。

底本として「室町時代物語大成　第二」二七〇頁から二九六頁所収の「厳島の本地」（慶應義塾図書館蔵　室町時代末期写本　ほか）を用いました。

【一】

昔、天竺（今のインド）に千を超える国々がある中に、東善王の治める、東城国という国がありました。そのころの天竺のしきたりで、後宮には千人の后がいらっしゃいました。が、お子様は一人もありませんでした。東善王はそれを大変残念に思い、仏様にお祈りされたところ、一人の王子が誕生なさいました。この王子は、七歳になったときから千才王と呼ばれました。

さて、東城国にはたくさんの宝物があったのですが、その中に十二代受け継がれた扇がありました。東善王が片時も手から離さずお持ちでしたが、ふとした隙に千才王がこっそりご覧になりました。そこには世にも美しい女性が描かれていました。その面影にすっかり心を奪われた千才王は、日に日に元気を失って、とうとう起き上がれないほどになってしまいました。その扇の絵は天女を描いたもので、この世にはいない人の姿でした。臣下の一人が、ここから遥か西方に、天一王の治める西城国という国があり、王の三番目の姫君「足引の宮」が、天女のように美しいとうわさされている、と申し上げました。

千才王は一羽の鳥を飼っていました。頭は白、羽は黒、体は青、口ばしは赤、足は黄色で五色の鳥ということから、五がらすと呼ばれていました。この鳥が言いました。

「それほどまでに足引きの宮を慕っておられるのなら、文をお書きください。遠く離れた国ですが、私が命をかけてお届けいたしましょう」

五がらすは、休むことのできない海の上をひたすら飛び続けましたが、強い風に逢い、力尽きて危うく海中に沈みそうになりました。必死の思いで龍神に祈ると、波間から大きな亀が浮き上がり、止らせてくれました。そうして苦難の末、八十五日目にやっと西城国にたどりつくことができました。

天一王の宮殿には花園がありました。五がらすがこの花園で羽を休めていると、三日目に姫君の侍女が気付きました。

「姫様、見たことのない美しい鳥が花園で遊んでいます」

「これは仏の国にいると聞く孔雀か、かりょうびんではないのか」

五がらすは、運んできた文を姫君の足元に落としました。その文に千才王の姫を慕う想いが綴られているのを知った年かさの侍女が言いました。

「このような文にご返事をなさらなければ、口のない虫に七度生まれ変わると申します。お返事をなさいませ」

こう促されて姫が書いた文を足に結び付け、五がらすは再び八十五日かけて東城国に飛び帰りました。

届いた文を読んだ千才王は、その筆遣いの美しさに一層心を奪われて、ますます恋の病が重くなってしまいました。こうなればもう、姫に会うしか救いはありません。

するとその夜の夢に、千人の匠が千本の桑の木で船を作り、海を渡る様子をご覧になりました。千才王は早速翌日、夢で見たとおりの船を作るよう命じました。

一方足引の宮の父君・天一王は、夢のお告げで、高貴な方が姫に会うために来ることを、前もって知っていました。

千才王は命がけで海を渡り西城国にやってきました。

天一王は足引の宮の夫として温かく迎え入れました。

二人の仲は睦まじく、三年の歳月があっという間に過ぎていきました。しかし千才王は一国の王、いつまでも国を離れているわけにはいきません。お付の者たちから責められた千才王は、足引の宮に、一緒に東城国へ行くよう頼みましたが、全く聞き入れてもらえません。仕方なく、宮をだまして連れて行くことにしました。千才王は、乗ってきた船を見せてあげよう、と言って宮を乗せ、気付かれないうちに船出してしまいました。しばらくして宮が異変に気付いたときは、もう満々とした海の上でした。

［二］

東城国では、後宮の后たちが千才王の帰りを待っていました。そこに輝くばかりに美しい足引の宮がやってきたものですから、后たちが妬ましい思いを日に日に募らせていったのも無理はありません。

そのころ国境に一人の占い者がいました。后たちはその占い者に多くの金銀を与え、偽の占いをさせることにしました。千人の后が、同時に胸をかきむしるほど苦しむふりをし、その治療のためには、鬼満国にしかない薬草が必要だ、と言わせたのです。

国家が乱れることを恐れた東善王は、千才王に薬草取りを命じました。片道六年、往復すれば十二年のところにある鬼満国に行くことは、今生の別れのように思え、足引の宮は一緒に連れていってほしい、と泣きながら頼みました。しかし千才王は、必ず無事に戻るから、と約束して旅立ってしまいました。

守ってくれる人を失った足引の宮は孤独でした。この時を待っていた千人の后たちは、大柄な侍女を男装させて宮の御殿に忍ばせ、宮の不義を作り上げました。そのことを東善王に申し上げましたが、東善王は取り合いませんでした。むしろ遠国から一人やってきた上に、頼りにする千才王までいない宮をなぐさめるべきである、とまで言い、后たちをたしなめました。こうなると后たちは引き下がるしかなく、こんどは偽の宣旨を書いて、六人の武士に渡し、宮を捕らえて殺害するよう命じました。

土足のままで御殿に踏み込んできた武士たちを見た足引の宮は、毅然として立ち上がり、「ここは千才王の后のすまいです。あなた方に汚されるわけにはいきません」と言いながら、御簾の中から姿を現しました。

その様子は、さながら十五夜の月が雲の陰から現れたようでした。しかし武士たちは情け容赦もなく、宮の長い髪の毛をつかんで引き倒しました。そして美しい衣装を粗末な麻の衣に取り替えて、御殿の外へと引きたてていきました。

宮の足からはすぐに血がにじみ、とても長く歩くことはできません。武士の一人はさすがに哀れと感じて、どこからか年老いた馬を探し、宮を乗せてくれました。

普通なら二十日の道のりもはかどらず、ようやく三十日目に、荒涼とした「こうびく山」に着きました。武士たちはすぐに宮を西に向かせて、首を斬ろうとしました。しかしどうしたことか、剣は首に届く前に折れてしまいます。何度繰り返しても同じことでした。すると宮が言いました。

「私の胎内には千才王の御子がおられ、七か月になろうとしています。お生まれになるまでは首は斬れません。しばらくお待ちなさい」

そして今度は胎内の御子に、

「王の御子は、七か月になると耳が聞こえると申します。どうぞ急いでお生まれになってください」と話しかけました。

すると玉のような王子がお生まれになりました。

宮は武士たちを呼ぶと、谷川の水を汲んできてほしいと頼みました。遥かの崖下から聞こえる水音だからとても無理だ、という武士たちでしたが、心ある者が一人おり、苦心して谷に下り、兜の中に水を汲んできてくれました。

宮はまず王子に産湯をつかわせ、残りを末期の水として口にしました。それから王子に「本来ならば七重の屏風、八重の几帳に囲まれ、錦の褥にお休みになるべきものを、険しい岩石の上でこのような目にお会いになるなんて、本当においたわしいこと」と言いながら、はらはらと涙を流しました。これを見ていた者で泣かない者はありませんでした。

宮は長い髪を幾房かに分けて切り取り、まず一つを梵天帝釈に捧げ、王子が三歳になるまでお守りください、と祈りました。次に山の守護神に一房、閻魔大王に一房、山に住む獣たちにも一房捧げると、右手に王子を抱き、左手で岩を押さえて念仏を唱えました。武士は後ろに回って、宮の首を切り落としました。すると首は前に落ちましたが、身体は岩に支えられ、王子を抱いたままいつまでも離しませんでした。

この様子を見た武士たちは、自分たちの行ったことの罪深さを思い知りました。六人のうち五人は、その場で髪を切って仏道修行の旅に出ました。残る一人は宮の首を持って都に戻りましたが、戻る道のそこかしこで、あのとき宮はああ言われた、このときはこうなさった、と思い出されて、後悔の思いは増すばかりでした。

届いた首を見た后たちは大変な喜びようで、どこかの縁の下にでも埋めて置け、と言う始末です。しかしただ一人、千才王の母君だけは、勇気を出して首をもらい受けました。九百九十九人に一人で立ち向かうことのできなかった母君は、せめて首を大切に葬りたいと願ったのです。そして首を瑠璃の手箱に納めると、宮殿の花園に埋めて、それからは念仏を欠かしませんでした。

后たちは東善王に、

「足引の宮は不義の子を宿した挙句、難産で亡くなった」と申し上げました。

〔三〕

こうびく山の王子は、首のない母に抱かれたまま乳房に寄り添い、首の切れ目から流れ出る「血甘露」を飲んで生きていました。山の獣たちにも心があり、王子を食べてしまうことなどありませんでした。しかし時として王子に近寄ろうとするものがあると、山の神がこう言うのでした。

「よく聞くがよい。母君が大切な髪を切り取ってお前たちにまでくださり、王子を守り給えと祈られたことを忘れたか。亡骸をお守りするのじゃ」

王子が五歳になったころ、亡骸は次第に崩れて形を失っていきました。するとそのあとに、やわらかい実をつける草が生えました。王子はそれを取って食べ、八歳まで無事に成長しました。山の獣たちは色とりどりの花や木の実を集め、王子に届けました。また冬には木の葉を集めてその中に王子を置き、周りを取り囲んで温めました。王子は獣の言葉が理解できました。いつも鹿を友として、谷や峰を自由に動き回って暮らしていました。

ある秋の一日、ちょうど時雨が降り始め、ひとしお寂しい折、梢にカラスの親子が止まっているのを見た王子は、どうして自分には父母がないのか、と悲しくなりました。その夜まどろむと夢を見ました。夢に姿を現したのは母の足引の宮でした。

「そんなに悲しまないでください。私の骨を岩の下にお隠しなさい。夏の暑さには涼風となり、冬の寒さには垣根となって風を防ぎ、守ってあげましょう。そうすれば十二歳になったとき、父君があなたを探しにやって来られます。そのときに、『父は東城国の千才王、母は西城国の足引の宮と申します。母は千人の后に憎まれて無実の罪を着せられ、この山で七か月になる私を産んだ後、武士によって首を斬られました。五歳までは母の亡骸に守られ、その後は獣たちに養われて今年は十二歳になります』と言いなさい。これからは私が恋しくなったら『西方浄土にいらっしゃる阿弥陀さま』と唱えなさい」

一方千才王は、十二年後にようやく鬼満国から東城国に戻ってきました。父王に対面して帰国のあいさつを述べると、父王は、

「海上遥か隔てた鬼満国に行き、異形の鬼どもに命をねらわれながらも、薬草を手に入れ、無事に戻ってきたことは実にうれしいことじゃ」とねぎらいましたが、どうしても足引の宮のことは言い出せません。そのことをまだ知らない千才王は、父王の髪が真っ白になっているのを見て、悲しいと思うのでした。

足引の宮に会いたい一心で御殿に戻ってみると、御簾も几帳も破れ果て、軒にはくもの糸が張り巡らされているありさまです。言葉もなく立ちつくしていると、昔から仕えていた侍女が泣きながら、事の次第を申し上げました。いっそこの場で命を捨てようとまでされるのをみた家臣が、

「御殿の庇にお立ちになって、柘植のくしの歯をひき鳴らされると、何かのお告げがあるということでございます」となぐさめました。

そこで試してみると、砧を打つ女の歌う声が聞こえてきました。

『恋しくば　西を訪ねて　二十日路の　かばねを見てそ　子には会うなり』

「これはいったいどういう意味なのか」

千才王の言葉に家臣が答えました。

「御殿から二十日ほど行ったところに、『こうびく山』という山があり、魔物の棲むところと言われております。足引の宮は、もしやそのあたりでお命を落とされたのではございますまいか」

その夜、千才王はただ一人で御殿を忍び出ました。

険しい道をたどって、やっとこうびく山に着いた千才王は力尽き、少しの間まどろみました。その夢に、紅の袴をはき、白い衣を頭から被った女性が、頼りなげにたたずんでいる姿が現れました。誰かと思って布を上げてみると、それは足引の宮でした。

「なぜ姿を消して悲しませるのか」

「私の方こそ、あなた様に父母の許から連れ出され、遠い国にやって来たというのに、頼みにしていたあなたは、私一人を置いて鬼満国へ行ってしまわれました。そのお留守に千人の后たちから無実の罪を着せられて、この山に連れて来られ、武士の手によって首を斬られたのでございます。その悲しみのほどをお察しください。そのとき私は七か月の御子を宿しておりました。王子は無事に生まれ、山の神や獣たちに守られて、成長しております。私を哀れと思われるのでしたら、どうぞもとの姿に生き返らせてくださいませ」

「ではどうすればよいのだろう」

「私の骨は王子が岩の下に守っています。それを持って、ここから南に九十日行ったところにある、『かいら国』という国へいらしてください。岩屋のなかにふろう上人という方がいらっしゃいます。死んだ人を元のごとくよみがえらせることができる方です。どうぞ私を生き返らせてくださいさい。今はもうこれでお別れでございます」

こう言うとかき消すようにいなくなってしまいました。

千才王が夢から覚めて呆然としていると、どこからか子供の声が聞こえてくるような気がします。その声を頼りに山道を登って行くと、髪が逆立ち、木の葉を身にまとった男の子の姿が見えました。千才王を見るとすばやく逃げようとしました。

「そなたは何者じゃ。人間か」

「私は魔物や化け物ではありません。東城国の千才王の子ですが、母の足引の宮は后たちのたくらみによって武士に殺されました。そのとき私は七か月の胎児でしたが、無事に生まれて、山の獣たちに養われてきました」

千才王は驚き、自分が父であると言い、王子に近寄るよう手招きしました。王子は生まれてからまだ人と親しく接したことはありませんでしたが、さすがに血のつながった親子とあって、すぐに打ち解け、辛かったことを語り合いました。それから王子が岩の下に隠していた足引の宮の遺骨を持つと、二人は夢のお告げに従って、かいら国のふろう上人を訪ねていきました。

〔四〕

九十日目にかいら国の岩屋の前に立ち、奥に声をかけました。

「ここは人間の来るところではないが、一体だれじゃ」

現れたのは、香の煙に包まれ、額に深いしわが刻まれた白髪の老人でした。

千才王はここまでやってきた訳を話しました。

「亡くなられてから何年におなりか」

「十二年になります」

「それは難しい。一年、二年、三年までなら思いのままに生き返らせるが、それほど経っていてはだめじゃ」

「上人様しかおすがりする方はございません。どうかお願いでございます」

泣き崩れる千才王があまりに気の毒で、上人はとうとうこう言いました。

「死後一年なら十七日、二年なら二十七日祈り続けなければならん。十二年なら二百日にもなる」

「恋しい人となんとしてでも会いたいと思っております。どうか、どうかお願いいたします」

そこで黄金のむしろを敷き、遺骨を並べて祈ろうとすると、首から上の骨がありません。上人は王子を美しい一羽の鳥に変え、一本の剣を持たせて、東城国に飛んで行かせました。王子は宮殿に着くとこの剣を一振りしました。すると九百九十九人の后たちの首が一度に切れて落ちてしまいましたが、千才王の母君だけは無事でした。

母君は、花園に埋めていた手箱の中から遺骨を取り出し、王子に手渡しました。王子は手を合わせて受け取り、急いで戻っていきました。

やっと揃った遺骨を並べ、周りを幕で囲い、上人が祈ること百九十七日目、まだ夜の明けきらぬ頃、覆っていた布の下から不思議な光がさし始めました。上人が布を持ち上げると、そこには生前と変わりない足引の宮がいました。千才王と王子が駆けつけ、三人は手をとりあって泣きました。

三人は、これからは山の薪を拾い、谷の水を汲んで上人に仕えて暮らす、と申し出ました。しかし上人は、ここは凡夫の住むところではないと言い、三人を空飛ぶ車に乗せて送り出しました。

車が着いたところは西城国でした。人々が喜んで迎えたのはいうまでもありません。父王は新しく内裏を作って住まわせました。

ところが何としたことか、千才王は、足引の宮の若い妹君に心を奪われてしまいました。千才王から疎まれた足引の宮は、つくづくこの世がいやになり、飛び車に乗ると衆生済度の旅に出て行きました。

〔五〕

そうして着いたところは、日本の伊予の国（今の愛媛県）、石槌山でした。しかし、ここにはすでに、山の神が棲んでおられました。そこで安芸の国（今の広島県西部）、佐々井郡かさいの村に向かいました。

そのころわが国は、推古天皇が治めておられました。天皇は、播磨の国（今の兵庫県南西部）いなみ野に、一頭の鹿が出没し、その声が不気味であるから捕らえよ、との宣旨を出されました。播磨の国の住人、佐伯の鞍職（くらもと）はわざわざ黄金の弓矢を作って、二日がかりでその鹿を射殺し、内裏へ届けました。ところがこの鹿の毛は金色でまぶしいくらい輝いていました。それをご覧になった天皇は、生け捕りにすべきだった、として大層立腹なさいました。鞍職は安芸と周防の国（今の山口県南東部）の境にある大竹というところに流されてしまいました。

ある日のつれづれに、鞍職は海で釣りをしていました。すると西の方角から紅の帆をかけた一艘の舟がやって来ました。中には気高い姿の女性が一人乗っていました。

鞍職が尋ねると、

「私は天竺にある西城国の姫、足引の宮です。衆生済度のために日本に来たのですが、長い旅だったので大変空腹です」とおっしゃいました。

そこで鞍職は米を洗ってお供えしました。

また姫宮は、舟を着けた「くろますの島」が大層気に入られ、このような「いつくしき（美しい）島」は見たことがない、とおっしゃったので、それからこの島は「いつく島」と呼ばれることになりました。

さて姫宮は、この島に御殿を建てるよう鞍職に命じられました。しかし御殿の造営となると、帝のお許しをいただかねばなりません。鞍職は、自分が奏上して果たして聞き入れられるのか心配でした。すると宮は、こう教えました。

「王城の丑寅（北東）の方角に、見たことのない星が輝き、皆が驚くでしょう。そのときに、榊の枝をくわえた五がらすが、たくさん都に集まってきます。そのことを前もって予言しておきなさい。願いは聞き届けられるでしょう」

その言葉どおりのことが起こって、いつく島に百八十間の回廊を備えた御殿が建てられ、足引の宮がお移りになりました。

一方、千才王は、一時の気の迷いを申し訳なく思い、すぐに足引の宮を追って御子の王子を伴い、この島にやって来ました。千才王は客人（まろうど）の御殿に、王子は滝の宮に入られました。

この島で鹿が大切にされるのは、鹿たちが「こうびく山」で幼い王子を守り育てたことによるものです。

この話を人に語り伝える人は、社殿に十回参詣するよりも、なお信心深い者とされるでしょう。平清盛公は、厳島の神を深く信心なさり、この縁起を書写して御宝殿に納められました。

まことに厳島は三国（日本、唐土、天竺）一の霊地なのです。

（終わり）

小夜姫の草子

これは、室町時代末期の写本として残されている「さよひめのさうし」の話で、御伽草子の「本地物」の一つです。物語の最後に、主人公が竹生島の弁財天として祀られた、とありますが、そのいきさつについては語られていません。御伽草子の「本地物」が、神仏の人間時代の苦難を物語ることに重点を置いているためと考えられます。

よく似た内容で「まつら長者」という説経の正本があります。

「説経」というのは、仏教の経典を講釈することですが、室町時代から江戸時代初期にかけて、一般大衆を対象に平俗化、音曲芸能化された「説経節」が盛んに演じられました。語り手である太夫が用いた台本が「正本」と呼ばれるものです。

説経の演目が、御伽草子と総称される短編物語から題材をとったり、逆に御伽草子が説経に影響を受けたりしたと考えられます。横山重氏は「この物語（「さよひめのさうし」）は、よほど古くから説経として語られてきたもののように考えられる」と書いておられます。

底本として「室町時代物語大成　第六」一七〇頁から一八六頁所収の「さよひめのさうし」（赤木文庫蔵　室町時代末期　写本）を用いました。

〔一〕

昔のお話です。

大和の国（今の奈良県）春日の里に、いせやの長者という人がいました。七万の宝物を持ち、屋敷の四方に四万の蔵を建て、何不足のない暮らしをしていましたが、子宝にだけは恵まれませんでした。

「四方に蔵を建て並べ、黄金、白銀の山を積み重ね、召使う者も二万人を超すというのに、子がおらねば、譲ることもできず、わしらの後生を弔ってもらうこともかなわぬのう。本当に残念なことじゃ」

「私もずっとそう思っていました。昔から申し子ということがあります。京の都に清水の観音様があり、願いをかなえてくださるという評判です。子宝をお願いしてみましょう」

北の方の思いつきで、夫婦は清水寺にお参りしました。音羽の滝で身を清め、お堂にこもった二人は、男子にても女子にても、子種を一人授け給え、と一心に祈りました。

しかし、一週間経っても、二週間経っても、三週間経っても、何の変わりもありません。

そうして百日目の夜のこと、長者夫婦の枕上に観音様が立たれました。

「汝はこのほど子種がほしいと祈るが、汝に授ける子種はない。さりながら、あまりに願うのが不憫ゆえ、男子は無理じゃが、女子を一人授けよう。この姫が授かれば、七歳の時に父は命を失い、召使はみな散り散りになり、すべての財産をなくしてしまうが、それでもほしいか、長者よ」

その言葉にも長者は、どうしてもお授けください、と願いました。すると観音様は玉を一つ取り出され、北の方の左のたもとに移されると、かき消すようにいなくなられました。長者夫婦はたいそう喜んで、祭壇を丁寧に拝むと、国に戻っていきました。

十月過ぎて生まれたのは、珠のような姫君でした。長者は大喜びで、小夜姫と名付けました。観音様が小夜更けて姿を現され、授けてくださったからです。

大切に育てられた小夜姫は、二歳の時には、三、四歳ほど、三歳の時には、五、六歳といっていいほど、すくすく育っていきました。

小夜姫が七歳になったころです。観音様はそれまでずっと姫の成長を見守っておられましたが、約束通りに長者の命を奪って、一家の幸せを壊すのはかわいそうだと思われました。そこでしばらく様子を見ることになさいました。

一年、二年と過ぎゆき、姫が十三歳になった春のことです。次第に心がおごってきた長者は、うっかり口を滑らせました。

「姫が七歳になったら、わしの命がなくなり、召使はいなくなり、三十五日もたたない間に、残された者たちは食べ物にも事欠く、というお告げだったが、姫はもう十三じゃ。宝も増えるばかり、観音様も間違ったことを言われるのだから、人間が偽りを言うことなど、何でもないことじゃ」

観音様はこの言葉を憎いと思われたのでしょう。長者は年が明けると、ふとした風邪で亡くなりました。

お告げのとおり、湧くように増えていた財産は泡のように消え、黄金の山は石になり、召使たちも去っていき、三十五日も経たないうち、北の方と姫は食べ物にも事欠くほどになりました。

いたわしや、小夜姫は野に出てナズナを摘み谷に下りて芹を採り、食べ物としました。

ある日のつれづれに、姫はつくづく考えました。

『父上の命日も近づくというのに、このままでは何のご供養もしてさしあげることができない。この黒髪を売ってお金に換えようか、それともこの身を売ってしまおうか』

しばらく考えた後、姫は奈良の都に出て、道行く人に、

「私を買ってください」と、呼びかけました。

これを見た人々は、

「あの姫は、長者がいた時には、隙間風さえ当てないように育てられていたが、身売りま

でするほどになって、いたわしいことじゃ」と涙を流しました。

ちょうどその頃、奥州（今の東北地方）から一人の商人が奈良に上ってきていました。

姫から訳を聞いた商人が、

「それならあずまにでも下るかね」と言うと、小夜姫は『あずま』がどこにあるかも知らず、言いました。

「連れて行ってくださるなら参ります。私をいくらで買ってくださいますか」

「普通なら三百両だが、親の供養のためなら五百両にしてやろう」

「それではとても足りません。一千両でお買いください」

姫の親を思う強い気持ちを汲んで、商人は千両を渡し、

「十日の猶予を与えるから、心ゆくまで供養をするがいい」と言ってくれました。

家に帰り、母に、

「奈良の都にまいりましたら、御仏が哀れに思われたのでしょう、黄金を千両拾いました。これで父上のご供養をいたしましょう」と、千両を差し出しました。

「子は持つものですね。あなたは女の子ですから、とても供養をする力はないと思っていましたのに」

早速お寺の名高い僧を何人も招いて、盛大な供養の式が執り行われました。

またたく間に十日の期限が訪れ、商人から催促の使いがやって来ました。かねてから決心していたとはいえ、旅の支度をしながら涙がとめどなく流れます。法華経、観音経、水晶の数珠と守り仏を首の袋に納めて、打ち明けました。

「母上様、千両を拾ったというのは偽りで、実は奥州の商人に身売りをしたのでございます。お名残り惜しいのですが、お別れしなくてはなりません」

「なんということを。亡くなった父上の菩提を弔うために、生きている母を捨てて、どこかへ行ってしまうなんて。どうか私も連れて行っておくれ」

姫のたもとに取りすがり、大声で泣く母の手を振りほどくようにして、姫も泣きながら家を出て行きました。

〔三〕

奈良の都から瀬田の唐橋までは、普通なら一日の行程ですが、旅慣れない小夜姫は三日かかってやっとたどり着きました。

「ここからあずまへはあと三日でしょうか、それとも五日位でしょうか」

「奥州へは七十五日かかるものだが、この調子じゃ、八十日も九十日もかかるわい」

「それならここに一晩泊まって、少し休ませてください」

「奈良で十日の暇をやったので、ただでさえ遅くなったというのに、ここで一晩泊まらせろとは、一体どういう了見じゃ。歩けと言うに歩かぬなら、この鞭をくれてやるぞ」と声を荒げ、手にした鞭を振り上げました。

「まことに、おっしゃる通りでございます。私は千両で買われた身でした。その鞭を冥土におられる父上の鞭と思えば、少しも辛くはございません。どうぞ、旅のお慰みにいくつでもお打ちください」

まさに自分の置かれた境遇を、このとき思い知った小夜姫でした。

（底本にある道行文の一部です。……は省略の箇所。ほとんど仮名で書かれている原文に、漢字を当てて読みやすくしています。）

『通らせ給うはどこどこぞ、雨は降らねど、もりやまや、「面影映すは鏡の宿、摺り針峠の細道を、心細くもうちすぎて……　尾張の国に入りぬれば、夏は熱田と伏し拝み……　夜はほのぼのとあかさかや……　人に情けを掛川や、小夜の中山なかなかに、心細くも通りけり、親の行えをきく川や……四方に海はなけれども、島田というこそあやしけれ……かなたこなたへ、蹴りて通るは鞠子川……伊豆の三島や、浦島が、開けて悔しき箱根山、大磯小磯打ち過ぎて……武蔵の国に入りぬれば、親の命はおしの里……人や迷わすきつね川、心細くもうち渡り……二所の関にぞ着き給う……』

〔三〕

やっとのことで奥州の目指す里にたどり着いたときには、着物の裾は露で濡れ、袖は涙でしおれていました。

村人たちは商人が来るのを、首を長くして待っていました。

「この里は、講が八つ、村も八つあるので、『八講八村』と申します。ここから北の方角に、うるまが池という大きな池がございます。その池に大蛇が棲んでおり、毎年一人ずつ順番に人身御供を差し出さなければ、大水を出して村を押し流すと、脅されております。今年は我々の番に当たっております。そのために早くから幼い娘を買い取って育てておりましたが、気立てもよく、美しくなり、愛しくてとても差し出すことができなくなってしまいました。そこで都に商人を遣わして、娘御を一人買わせたのです。人身御供になることを承知で来られたのでしょうか。もし知らずに来られたのなら、覚悟なさって、念仏を唱えなされ」

親のために売った身だから、どうなっても仕方ないものの、大蛇の餌食になるなど、思ってもみないことでした。涙がこぼれそうになるのを必死でこらえ、水晶の数珠を取り出して、お経を一心に唱える姫の傍らで、村人たちが酒盛りを始めました。人身御供が決まったことを祝ってのことです。

夜が明けると、姫は美しい十二単を着せられ、輿でうるまが池に運ばれました。池の中に小島があり、祭壇が設けられています。人々は姫をその上に載せると、後も振り返らず、逃げ帰っていきました。

程なくして黒雲が湧きあがり、激しい雨が降り始めたかと思うと、池の中から大蛇が姿を現しました。十二本の角をもち、紅の舌を出した大蛇は、祭壇に近づくと、まず供え物のご飯を飲み込みました。次に姫の背中に回り、体を締め付け始めました。姫は恐ろしさに震えながらも、勇気を出して大蛇に話しかけました。

「あなたも生あるもの、私も同じです。心あるならどうぞ少しの時間をください。亡き父上のために法華経を読みます」

すると大蛇は舌を収め、頭を祭壇に載せて静かにしています。姫はお経を取り出し、一の巻は父のため、二の巻は母のため、三の巻は商人のため、四の巻は神仏のため、五の巻は大蛇のため、六の巻はこの村の人のため、七の巻は旅で出会った人のため、そして最後に八の巻を自分のために読み終わると、法華経をくるくると巻き上げ、

「取って食べよ」と、大蛇めがけて投げつけました。

すると驚くことに、大蛇が涙を流すと、十二の角がはらりと落ち、全身を覆っていた苔がはがれ、美しい娘の姿に変わりました。

「なんとありがたいお経でしょう。私は八講八村の地頭の娘でした。父の死後、女子は跡を継ぐことはできないと、地頭の職を他人に譲らなくてはなりませんでした。それが無念でたまらず、この池に身を投げ、大蛇になりました。それからは、毎年八講八村の娘を取って食べること、九百九十九人に及び、あなた様で千人になるところでした。今ありがたい法華経を聞き、蛇の苦しみを逃れ、元の人間の姿に戻ることができて、本当にうれしゅうございます。どうぞこれから姉妹の契りを結ばせてください」

こう言うと、たもとから宝珠と黄金を差し出しました。

そろそろ祭壇を片付けようとやってきた村人たちは、小夜姫が生きており、更にもう一人姫がいるので驚きました。

訳を知った人々は二人を村に迎え、手厚くもてなしました。

それから輿を仕立てて、小夜姫を奈良の都に送り届けてくれました。下るときには七十五日もかかるほどの旅路も、三十五日で戻ることができました。

[四]

春日の里に着くと、急いで母の姿を探しました。
すっかりやつれた母は小夜姫の声を聞いても、
「奥州へ行った娘がどうしてここにいるものか、きつね、たぬきに化かされはせぬぞ」と、杖をふりまわしました。母は小夜姫を失ってから、明けても暮れても泣き続け、とうとう両眼が見えなくなっていたのです。

姫は大蛇の宝珠を取り出し、母の眼をなでました。すると眼が開きました。

その後、小夜姫は父の長者と同じように豊かになり、小夜姫を慕ってやってきた大蛇の姫と三人で幸せに暮らしました。

小夜姫は百二十歳の天寿を全うし、竹生島の弁財天となり、衆生を導く福神として祀られたということです。

(終わり)

小栗物語

この話は、江戸時代の延宝三年（一六七五年）に出版された「おぐり判官」という説経の正本を底本としました。「説経正本集」の編者である横山重氏は、小栗と照手姫を主人公とする物語は、奈良絵本や草子の体裁で存在しているものもあり、寛永後期から明暦ごろ（一六五〇年前後）に作られたと推定される絵巻（御物）もあると書かれています。「小夜姫の草子」と同じように、御伽草子と説経が厳密に区別されることなく広まっていたと考えられます。それで室町時代の物語として取り上げました。

小栗と照手姫は現代でも、歌舞伎や宝塚歌劇などの演劇にも登場する、人気の主人公です。

底本として「説経正本集　第二」五五頁から七九頁所収の「おぐり判官」（個人蔵　延宝三年　正本屋五兵衛板）を用いました。

〔一〕

昔のお話です。

京の都に三条の大臣兼家という方があり、その嫡子小栗判官兼氏は、豪胆で文武両道に長けた人でした。あるとき、小栗は家来の池の庄司を伴って鞍馬の毘沙門天にお参りに行き、祈願を終えると、得意の笛を吹き始めました。すると、その音色があまりに美しかったので、天人も天下り、海山も動きました。中でも「みぞろ池」に住む大蛇は、すばやく美女に姿を変え、小栗の傍まで近寄って一心に笛の音に聞き入りました。吹き終わった小栗はこの美しい女に気付いて話しかけました。すると竜女は、

「私は田舎に住んでおりましたが、継母にいじめられて身の置き所がなく、鞍馬の仏様を頼ってこちらに参ったのでございます」と、さもありそうに身の上話をつくろいました。小栗は気の毒に思い、この女を屋敷に連れ帰りました。

二人の仲は睦まじく、竜女はすぐに身重になりました。産み落とすには水の中でなくてはなりません。竜女はひそかに小蛇を呼んで、ふさわしい池を探すよう命じました。小蛇はすぐに探しに行き、二町南にある神泉苑の池がよろしいでしょう、と言いました。竜女は早速大蛇の姿に戻り、神泉苑の池に飛び込みました。ところがこの池には、すでに八大

竜王が住んでいたものですから、驚いて飛び出しました。

竜王と竜女の争いは七日七夜続き、その間激しい雷と風雨が続いて、帝の御殿も流されそうになりました。この一大事に関白、大臣が集まり、天文博士に占いをさせたところ、殿上人の中で竜女と結ばれた者がおり、その竜女が神泉苑に飛び込もうとして、八大竜王と争っているためだ、と申し上げました。そのころ世間でも、小栗判官兼氏の局は大蛇だ、といううわさも流れており、父の兼家が御殿に呼ばれ、息子を勘当し常陸の国（今の茨城県北東部）に送るよう、申し渡されました。

兼家は涙ながらに言いました。

「親というものは、出来のいい子より悪い子のほうが一層いとしいもの。ことにお前は、御仏に祈ってやっと授かった子じゃ。そのお前を勘当し、老いたわしのほうが都にとどまるというのは、本当につらい」

しかし致し方なく、小栗はその夜のうちに常陸へ送られました。

【二】

流罪になったといっても、常陸は小栗の母の里でしたから、まるで客人のようにもてなされました。新しく建てられた屋敷で多くの家来たちに囲まれ、酒盛りを開くこともしばしばでした。

　そんなある日、門の外を一人の商人が通りかかりました。退屈しのぎに、と呼ばれたこの商人は名を尋ねられると、

「西国ではさめがいの後藤、関東では相模の後藤と呼ばれておりますが、京の都では三条室町の後藤として、名が通っております。唐へは三度渡り、日本国の中は七度も巡っております」と、申し上げました。

　小栗はこの商人が気に入って、酒宴に加えました。すっかり打ち解けた頃、家来の池の庄司が言いました。

「この館にはまだ奥方がおられない。日本中を廻ったお前なら、どこにふさわしいお方がおられるか知っているであろう、ひとつ仲立ちをするがよい」

「仰せのとおりでございます。ここから少し離れてはおりますが、相模の国（今の神奈川県）に横山殿という方がおられ、五人の子息をお持ちですが、末に姫君がいらっしゃいます。下野（今の栃木県）の日光山に祈願をして授かった方で、お姿は秋の満月のごとく光り輝いておられますゆえ、照る日月になぞらえて、照手の姫とおっしゃいます。年は十四か五、この方をお迎えなさいませ」

　まだ見ぬ恋にあこがれた小栗から恋文を託された後藤は、相模の国、横山の屋敷へ急ぎ

ました。

広大な屋敷の乾（北西）の角に照手姫の館があり、その門の前で商いの口上を述べると、案のごとく中から声をかけられました。後藤は屋敷に仕えるたくさんの侍女たちを前に、つづらの中の小間物を広げて、おもしろおかしく口上を述べて見せた後、そういえば先ほど門の外でこれを拾いました、と言って小栗の文をさりげなく差し出しました。侍女たちは興味津々です。

「まあ、『上は月か星か、下は雨あられ』ですって。これじゃあ何の意味か少しもわからないわね」

「本当だわ。まともな人が書いたとは思えないわね」

一同のにぎやかな笑い声に惹かれて、照手姫が姿を現しました。

「みんなで何を笑っているのです。面白いことがあるなら私にも教えて」

そこで小栗の文が手渡され、一目見るなり照手姫は、まずその上書きの筆遣いの見事さをほめました。

「どなたが書かれたかは知りませんが、文で人を殺すとはこのことですね。どれ、私が読み解いてあげましょう。まず、『峰に立つ鹿』とは『妻恋いかぬる』と読みます。次に『ねざさにあられ』とあるのは『触らば落ちよ』、『野中の清水』とは『ひとりすませ』、『沖こぐ舟』とは『急いで着けよ』、『池のまこも』とは『引く手になびけ』、『尺長帯』とは『この恋思いつめしより立つも立たれず、いるもいられず、心の内は燃え立つばかり』、『細谷川の丸木橋』とは『この文、中に留め置くな、奥へ通して文返せ』と読みます。あら、最後に、恋する人は常陸の小栗、宛名は、まあ恥ずかしい、私だわ」

こう言うと、照手姫はいきなり文を引き裂いて捨て、

「こんなことが父上や兄上に知られたら、叱られてしまう」と奥の座敷に入ってしまいました。侍女たちも、文を運んできた後藤を怪しみ、警護の者たちを呼ぼうとしました。そこで後藤は機転をきかせ、広縁に躍り上がり板を踏み鳴らし、さも恐ろしげにおどかしました。

「いかに照手の姫よ、聞きたまえ。今、文を破られたが、そもそもいろは四十八文字は弘法大師がつくられたありがたいもの。一字破れば仏一体を破るに異ならず。地獄の責め苦に遭われましょうぞ」

後藤の剣幕に怖気づいた照手姫は、奥の座敷から出てきて、

「どうしましょう、私はこれまでに多くの殿方から、数え切れない文を寄せられ、そのすべてを破り捨ててきました。このままでは、あの世でどんな責め苦に遭うかわかりません。たとえ父上に叱られても、ご返事をいたします」と、返事を書いて後藤に渡したのでした。

危ういところを切り抜けた後藤は、つづらを肩にかけると常陸に急ぎました。

照手姫の返事を読んだ小栗は喜びました。

「『木曽路にかけし丸木橋、大勢にてはかなうまじ、小勢にてしのべ』とある。これは姫一人の了解ということだな」

池の庄司が、

「使者をお立てなさいませ」と言うと、

「いやそれには及ぶまい。千人の家来の中から百人を選び、百人から十人の若武者を選んで伴をさせ、乗り込もう、後藤、案内いたせ」と命じました。

〔三〕

相模に着き、横山の屋敷が見えたところで、後藤は金百両、絹百疋をご褒美にいただきお役ごめんとなりました。

小栗一行が照手姫の住む乾の門を通ろうとすると、番人たちがとがめました。小栗は、「いつも来る客の顔も覚えておらんとはけしからん」と恫喝して、さっさと通ってしまいました。

小栗のやってくるのを待っていた照手姫は手厚くもてなし、比翼連理を語らう仲になるのに時間はかかりませんでした。

このことはすぐに父の横山に伝わりました。五人の息子を前に、照手の客は誰かと尋ねると、長男新左衛門が、

「都から来た小栗といって、父は三条の大臣、母は常陸源氏の流れ、鞍馬毘沙門天の申し子と聞いています。婿にして損はございません」と言うと、横山は、

「お前は照手と同じか。そこをどけ」と、怒って脇息を投げつけました。

そこで三男の三郎が、

「まあ父上、日ごろからあの鬼鹿毛を飼っているのは、なんのためでございますか。小栗のような者を餌にするためではございませんか。対面をする旨伝えれば、むこうは喜んでやってくるでしょう。そのとき酒を勧め、座興として馬に乗ってみよ、と言えば、並みの馬と心得て、応じるにちがいありません。そうすれば鬼鹿毛はあやつを一口にかみ殺してしまうでしょう」と得意顔で言い、横山も、

「よくぞ申した。ではお前が使者にたて」と、にやりと笑いました。

翌日小栗は、都風に華やかに装わせた十人の若武者を従えて、横山の館に乗り込みました。挨拶代わりに盃が交わされた後で、三郎が、

「近づきのしるしに何か得意なことを披露していただこうではないか」

「お安いこと。弓、毬、包丁、力技、早業、なんでもご覧に入れよう」

「いや、父上は馬がお好きじゃ。一馬場所望いたす」

「心得た」と答えた小栗は、厩へ行って驚きました。

そこには人骨が、山のように積み上げられていたのです。厩の中には、八方から太い鎖でつながれた悍馬が、鼻息も荒く脚を踏み鳴らしています。それが鬼鹿毛でした。

十人の家来たちは刀の柄に手をかけて、万一主君の身に災いが起これば、馬といえども容赦はせぬ、と身構えます。けれども小栗は平然と鬼鹿毛に話し掛けました。

「いかに鬼鹿毛、確かに聞くがよい。獣であっても念仏を唱えれば成仏できる。このまま人を喰っていれば、地獄に落ちることまちがいない。これから私を乗せてくれるなら、お前の死後、馬頭観音として祀ってやろう」

鬼鹿毛は小栗の額に「米」という字が現れ、瞳に御仏の姿が浮かんでいるのを見ると、前ひざを折って服従の姿勢をとりました。そこで小栗は扉の錠をねじ切って厩に入ると、馬をつないでいた鎖を引きちぎり、手綱にしてしまいました。この様子を見ていた若武者たちは、やんやと歓声をあげました。

ちょうどこのとき、小栗の最期を見届けてやろう、とやってきた横山親子は仰天して、一目散に館に逃げ帰りましたが、小栗はそれを追って桜の馬場に乗り込みました。

「では小栗殿、この障子の上を歩いてご覧あれ」

「わけないことじゃ」

小栗は、三郎らが持ち出した障子の、桟も紙も痛めることなく、鬼鹿毛に踏んで渡らせました。その次には碁盤の上に四本脚で乗る、はしごを上り下りする、などの曲乗りを軽々とやって見せ、ひらりと馬から下りました。馬を、二抱えほどある桜の幹につないで、

「のう横山殿、あのようにおとなしい馬を、鬼鹿毛と名づけられたのはいかに。このたびの婿引き出物に、あと十頭もいただきたいものじゃ。家来たち一人一人に乗せてやりたい」

などと話しているうちに、鬼鹿毛は桜の木を引き抜いて引きずったまま、外に飛び出していきました。慌てた横山は、

「小栗殿、お願いじゃ、あの馬を止めてくれ。さもなくば、この相模に人間が一人もおらなくなるのじゃ」と手を合わせました。

そこで小栗が「芝つなぎ」という呪文をとなえると、馬はおとなしく戻ってきました。

小栗はふたたび馬に乗ると元の厩に戻り、八方から鎖でつないで、扉に頑丈な錠をおろしました。

〔四〕

このあと小栗は照手姫を伴って、すぐに常陸に帰ればよかったのです。しかし照手姫の乾の館に留まったのが小栗の運の尽きでした。

完敗した横山は、ますます小栗が許せません。三郎に、配下としている武蔵や相模の武士たち七千騎をもって小栗を殺せ、と命じましたが、三郎は言いました。

「それより明日、毒殺いたしましょう。縁起物の蓬莱山の飾り物を作り、本日のねぎらいと称して呼び寄せ、銚子を二重仕掛けにし、われらには甘露を、やつらにはぶす入りを注ぐようにすれば、わけなく殺すことができますぞ」

「おお、それはよい考えじゃ。明日の朝、乾の館へ使者にたて」

けれども小栗は、三郎からの誘いとあって警戒し、三度断りました。しかし長男新左衛門が使いに来たことでやっと応じました。

照手姫は小栗の袂に取り付き、行かないで、と頼みました。

「ゆうべ、わるい夢を見ました。それも一度ならず三度も。初めの夢には、小栗殿が日ごろ大切になさっている弓が、天から舞い降りた鷲に三つに折られました。うらはず（弓の上部）は奈落に沈み、中は炎に焼かれ、もとはず（弓の下部）は逆さに立てられて、卒塔婆になりました。次の夢もやはり不吉でした。私は、母から受け継いだ唐渡りの鏡を持っております。七代前のおばあさまから伝わったものですが、持ち主に良いことがあれば、鏡の表に如来様のお姿が映り、裏には、鶴と亀が表れた中で千鳥がお酌をしています。凶事があるときには、表が曇り裏には汗をかきます。この鏡も、夢で天から下った鷲に二つに割られました。一つは奈落に沈み、片方は卒塔婆鏡となりました。三つ目の夢は本当に悲しいものでした。あなた様は白装束に身を包み、葦毛の馬に白いたずなで後ろ向きで、はかなそうに乗っておいででした。十人の御家来衆も後に続いておられます。そのあとを、藤沢のご上人が多くのお弟子様を従えて北へ、北へと進まれます。北は「うわのが原」、死者を埋葬する場所です。私は後を追って行くのですが、白雲に隔てられてお姿を見失い、泣く泣くこの館に戻ったところで夢は覚めました。こんなことが本当になったら私は生きてはおれません。父は昨日、鬼鹿毛にあなた様を喰い殺させようとしました。一夜の間にまたどんな企みをしたか知れません。どうか今日の蓬莱山のご見物においでにならないでください」

「そなたの心配はよく分かるが、武士が一度約束したことを破ることはできぬ。夢違えの呪文を三度唱えれば大丈夫じゃ」

小栗は照手姫に別れを告げ、横山の館に出かけていきました。

座敷にかかった大幕を払い上げ、空いていた横山の左にどっかりと腰を下ろすと、家来の十人衆も主君にならって着座しました。すぐに横山は酒を勧めましたが、小栗は、誓いを立てて禁酒している、とすげなく断りました。それでは、と横山は一対のほらがいを取り出し、

「武蔵と、相模をこの貝のように半分ずつ分けようではないか。これはその祝いじゃ」と両口の銚子を運ばせ、まず自分が飲んで見せました。

小栗も先に横山が飲んだのを見ると疑いを捨てました。小栗と家来に酒が注がれましたが、それは反対の口から出たぶす入りの酒でした。

あっという間に家来たちは右に左に倒れました。小栗も倒れながら、

「武士に力でかからず毒で殺すとは、ひきょうなり」と刀に手をかけ、三郎と刺し違えようとしますが、五体はしびれていきます。最期に照手姫の名を呼んで、息絶えてしまいました。

横山は満足して博士を呼び、彼らの死体をどう処分するか占わせました。すると、十人の家来たちは火葬にし、小栗一人は、うわのが原に土葬して卒塔婆を立てるのがよい、とでました。人の子を殺して、自分の娘を生かしておいては、都からのとがめが怖いと考えた横山は、照手を相模の海に沈めよ、と命じました。

〔五〕

横山の家来、鬼王、鬼次兄弟は、これまで仕えていた姫君を殺す、というつらい役目を負わされました。乾の館に行き、小栗殿が自害され、姫君も沈めにかけられることになった、と告げました。照手姫は、

「なんと、小栗殿が自害なさったのか。さぞ私を恨んでおられることでしょう。こうなることが分かっていれば共に座敷に出て、私もその場で自害し、手に手を取って三途の川を渡ったものを」と泣き崩れました。

照手姫は大切にしていた手箱を開け、肌の守りと鬢の髪を切り母君に、唐の鏡を藤沢の上人に、また仕えている侍女たちにも、それぞれ形見の品を分け与えると、連れていくよう促しました。

鬼王兄弟は照手姫を牢輿に乗せ、相模の浜に急ぎました。小舟に牢輿ごと乗せると、付き添っていた侍女たちに、沖でたいまつを振ったときが姫の最期だから、それを合図に念仏せよ、と言い置き、沖に漕ぎ出しました。舟の櫓の音に驚いて千鳥が互いに鳴き合います。

「私には鳴き交わす相手もありません。早く殺しなさい」

中から照手姫が言いますが、兄弟はどうしても殺すことができません。あちらこちらと

漕ぎ続けているうちに、兄弟のどちらからともなく、お助けしよう、と言い出しました。姫には、

「お命をお助けいたします。どこかの浜に打ち上げられますように」と声をかけ、重石の綱を切ると牢輿を海に浮かべました。

二人が振るたいまつの灯りを岸から見ていた侍女たちは、わっと泣き出し、念仏の声をいっそう高めるのでした。

〔六〕

牢輿は風に流され「なおいの浦」に打ち上げられました。漁師たちは入り口も窓もない輿を見て、不思議なものが流れてきたものだと、外から叩き壊しました。中で年のころ十四、五の姫が何も言わずに、ただざめざめと泣いているのを見ると、このところ魚が獲れなかったのはこいつのせいだ、打ち殺してしまえ、と取り囲みました。

そこにやってきたのはこの村の長の太夫です。子がいないので養子にするから引き取りたい、と言いますが漁師たちは聞きません。そこで酒と引き換えに、やっと姫を連れて帰ることができました。太夫は照手姫が何も言わないので、沖から寄ってきた姫として「より姫」と名付けました。

妻の姥は姫を一目見るなり、

「大体養子というものは浜に出て舟を漕ぎ、山に入って薪を伐る者をとるものじゃ。こんなか弱い女を養子にするとは思いもよらず」と横を向いてしまいました。

これには太夫も、

「これまで長年連れ添ってきたが、こんなに邪険とは思いもしなかった。家屋敷、財宝はみなお前にやろう。わしはこのより姫と諸国行脚の旅に出る」と言うと、さすがに姥も太夫に縁を切られては困るので、

「今のはほんの冗談。よい姫を拾ってこられたものよ、こちらにおいで、より姫」と猫なで声で言いました。

安心した太夫がいなくなると、姥は照手姫を浜の塩屋に連れていきました。この娘をこのままここに置いておけばいつか自分が捨てられる、と考えた姥は、照手姫を松葉でいぶして真っ黒にしてしまい、太夫に愛想をつかさせようとしたのでした。しかし丸半日いぶしても、出てきた照手姫は全くもとの姿のままでした。日光山の申し子で、千手観音が影身にそって守ってくださるので、むしろこれまでよりいっそう輝きが増しています。

「太夫殿が惚れたのも道理じゃ」

姥は腹立ちまぎれに、照手姫をさんざんに打ち据えました。照手姫が泣いているところ

に太夫が戻ってきました。

「国が恋しくて泣いているのか、より姫よ、ならば念仏するがよい。念仏すればこの世のつらさも紛れるものじゃ」

「いかに太夫殿、長年連れ添っても、念仏せよなどと一度も言ってくれたことがないが、この花のような女には言うのじゃな。太夫殿の帰りが遅いと泣いていたのじゃ、この女は」

太夫は根が正直な人だったので姥を信じて、

「夜が明ければ戻ってくるからな、より姫」と言い残し、漁に出て行きました。

姥は、この娘を家に置くことはできぬと、折から通りかかった人買いに、二貫文で売り渡してしまいました。

戻ってきた太夫が、姫のいない訳を姥に問いただすと、

「太夫殿の後を追って浜のほうへ出て行ったので、一緒に舟に乗ったものだと思っていたが、それでは人買いにでもさらわれたのかもしれん」と空泣きをしてみせました。

「いや、お前の涙は悲しみの涙ではない。姫を売った喜びの涙に違いない。さらばじゃ」

太夫は髻を切ると諸国行脚の旅に出て行ってしまいました。

さて照手姫は次から次へと売られた挙句、美濃の国（今の岐阜県の中、南部）、青墓宿

まで運ばれました。遊女屋「万屋」の主は、この娘一人で楽に稼げることを喜び、こう言いました。

「この宿に住む女は遊女の勤めをせねばならぬ。明日からこの綺麗な着物を着て座敷に上がれ」

遊女になれば冥土の小栗殿がさぞ無念に思われよう、なんとしてもそれだけは避けたい、と照手姫は、

「私は病を患っておりますので、遊女の勤めをすると、たちまち命を失ってしまいます。値の落ちぬまによそへお売りくださいと必死になって願いました。

夫に貞節を立てていると見抜いた主は、

「それなら蝦夷が島か佐渡島に売ってしまうぞ。佐渡なら手足の筋を切られて、粟にくる鳥を追うか、蝦夷ならさめの餌食にされようぞ、それとも遊女になるか、どちらか選べ」

とおどしました。

「たとえ魚の餌食になろうとも、遊女になるのだけはお許しください」

「ならば明日から水仕（水仕事をする下女）となって、上り下りあわせて百人の旅人の飯の仕度、馬のえさやり、十六箇所の釜の火の番、離れた井戸の水汲み、これを一人でするがよい。お前の名はなんと言う」

「売られ売られた者で名はございません」

「国はどこじゃ」

「常陸でございます」

「それならとりあえず常陸小萩と名付けよう」

出身を相模といえば身元が知れるかもしれないと恐れ、とっさに夫の国を名乗りました。

その日から照手姫は桶と柄杓を肩に掛け、十八町離れた井戸に水汲みに行くことから始まり、夜更けまで休む暇なく働きました。十六人分の仕事が、照手姫一人に押し付けられたのでした。

【七】

一方、地獄に落ちた小栗と十人の家来たちは、閻魔大王の前に並んでいました。浄玻璃の鏡に照らすと、家来たちはみな善人ですが、小栗一人は悪人に映っています。閻魔大王が、家来たちは娑婆に戻そう、と言うと、

「我々はどうなってもかまいません。ご主人様を代わりにお戻しください」とひれ伏しました。

そこでその忠節を重んじ、小栗が娑婆に戻されることになりました。十人の若者たちは

閻魔大王の脇士とされました。

閻魔大王は小栗の胸板に、

「この者を熊野本宮湯の峰に入れてくれれば、こちらから薬の湯を送る。藤沢の上人へ」と自筆で書き付け、小栗の体を地上にぽんと投げ上げました。


藤沢の上人は、このところ鳶や烏がやかましく鳴きたてることに不審を感じて、うわのが原に行って見ると、小栗が土葬された塚が割れ、その中で、手足は糸のように細く、腹が毬のように膨れた餓鬼が、しきりに胸のところを指し示しています。よく見ると自分に宛てた文字が書かれています。これは小栗が生き返ったものに違いない、と寺に連れて帰りました。

上人は、目が見えず口も利けない小栗を餓鬼阿弥と名付け、その胸に、木札を掛けて土車に乗せました。小栗が蘇ったことを横山に知られないよう、木札には『この車を曳く者は、一曳き曳けば千僧供養、二曳き曳けば万僧供養』とだけ書いておきました。

藤沢の寺から曳き出し始めて大磯に、えいさらえいと箱根峠を越えていき、からりころりと三島の宿に着きました。街道でこれを見た人たちは、親のためにと曳く人もあり、妻のためにと曳く人もあり、曳き手が絶えることはありません。そこで上人は道行く人に車を託し、寺に戻っていきました。

車は人から人に受け継がれ、美濃の国青墓宿までやってきましたが、「万屋」の前で曳き手がなく、止まったままになりました。照手姫は水汲みに行くときにこの車を目にし、亡き小栗と十人の家来の供養のために、どうしてもこの車を曳きたくなりました。

「亡き父の供養のために一日、母のために一日、戻ってくるのに一日、三日のお暇をくださいまし」

「遊女の勤めをしようともしない者が、暇をくれとはもってのほかじゃ」

「もしも三日のお暇をいただけるなら、万一ご主人と奥方に大事が起こったとき、私が身代わりになります。お願いでございます」

「身代わりになるとは殊勝じゃ。ならば二日足して五日の暇をやろう。三日曳いたら二日で戻ってこい、小萩」

あまりのうれしさに、すぐに外に飛び出した照手姫ですが、思い直して戻ってきました。女の独り身では怪しまれると気付いたからです。主に古い烏帽子をもらいうけ、葉の先にしでを結んだ笹を肩に掛けて、気の触れた巫女を装って曳き始めました。

えいさらえい、えいさらえいと曳き続け、三日目に滋賀の大津までやってきました。もうこれ以上進むと、約束の五日で戻ることができません。照手姫はその夜を車の車輪にも

たれて明かしました。夜明けに園城寺から読経の声が流れてきます。照手姫は近くで墨と筆を借りました。餓鬼阿弥の胸の木札に、

『熊野本宮の湯に入り病平癒なさったら、必ずお寄りください、脚を洗ってさしあげましょう、美濃の国青墓の宿、万屋の水仕　常陸小萩』と書き添えました。

なぜかこの餓鬼阿弥と別れがたく、一度行きかけまた戻りを繰り返し、泣く泣く別れて美濃に戻っていきました。

〔八〕

大津からは車の曳き手は次々にあり、山科を抜けて京の都も過ぎました。えいさらえい、えいさらえいと曳かれ曳かれて天王寺、住吉、堺も通り抜け、とうとう紀伊の国は湯の峰のふもとまできました。その先もう車では進めなくなると、山伏たちが籠に背負って運んでくれました。

一週間湯に入ると耳が聞こえ、目も見え、三週間目にはすっかりもとの小栗の姿に戻りました。生き返った小栗は夢から覚めたようでした、ここまで小栗を守ってこられた熊野権現はきこりに姿を変えて、小栗の前に金剛杖を二本持って現れました。

「この杖を買わんか」

「これまで餓鬼と呼ばれて街道を運ばれた私を馬鹿にする気か、金などもっておらん」

「金がなければお前にやろう。一本を杖にして故郷に帰れば所領を得る、もう一本はおとなし川に流せば、死後あの世へ渡る舟となる」

こう言うと、きこりの姿はかき消すように見えなくなりました。小栗はそこで、きこりが熊野権現だったことに気付き、二本の杖を押し頂きました。

早速金剛杖一本はおとなし川に流し、もう一本の杖をついて京の都に戻っていきました。


父の館の前に立ち、熊野の山伏に寄進を、と呼びかけると、門番が邪険に追い返しました。昔なら門番など一喝するものを、と思いながら立ち去りましたが、そこへ小栗の叔父の高僧がやってきました。この日がちょうど小栗の命日で、供養のために山から下ってきたのでした。

高僧は門番に、今立ち去った熊野の山伏は小栗に似ている、呼び戻せ、と命じました。追いかけてきた門番が戻るよう頼みましたが、一度断られたところには二度と行かないと言うと、戻ってもらわないと自分の命が危ない、と袖に取りすがります。それならば、と戻っていくと、母上が出迎えました。

「亡くなった我が子の小栗に似ておられますが、お国はどこのかたですか」

「私こその小栗です、母上。相模の国で毒の酒によって殺されましたが、家来の若者たちの情けにより、この世に再び戻ってまいりました。勘当をお許しください」

小栗が頭を垂れると、母上は小栗を抱きかかえて泣きました。

このことは母上からすぐに父兼家に伝えられました。

「一度死んだ者が生き返るなどあるはずがない。お前が明け暮れ、恋し、なつかし、と言っておるから、小栗になりすましてきたものにちがいない。まことの小栗ならば我が家に代々伝わる弓の技ができるはずじゃ。試してやる」

兼家は障子を隔てて小栗を立たせると、三人張りに十三束の弓を引き絞り、この矢を受けてみよ、と命じました。小栗は目を閉じて心を集中させ、どうか昔のように取ることができますように、と念じました。

兼家が射た最初の矢は小栗の左手で、二の矢は右手で、最後の三の矢は口で、見事に捉えられました。小栗は二人を隔てていた障子をさらりと開け、

「昔の小栗でございます。勘当をお許しください」とひざまずきました。

この時初めて兼家は小栗を抱きしめました。

小栗は父とともに宮中に参内し、帝から本領の常陸に加えて相模、武蔵を賜りましたが、

小栗は、その三国の替わりに美濃一国をいただきたい、と願いました。すると帝は美濃も馬の飼い料として下されました。帝は、一度死んだ者が再び生き返ったことを、それほどまでに喜ばれたのです。

〔九〕

三日後、小栗は十万騎の家来を従えて、美濃の国青墓宿「万屋」を訪れました。領主がお泊りになることは初めてとあって、主夫婦は座敷を飾り立て、百人の遊女をお酌に出しました。

「遊女には用はない。水仕に常陸小萩という者がいるはずじゃ。ここへ呼べ。酌に出さぬものなら、お前たち夫婦の命はないものと思え」

驚いた主は台所の小萩に、

「さてもお前は果報者じゃ。器量の良いのが知れたと見えて、領主様が酌に出せと仰せになった。急いで座敷に行け」と命じました。

「このようなことは今までもお断りし続け、それで水仕をしております。お許しください」

「いや、小萩はもう忘れたというのか。餓鬼阿弥の車を曳くときに、万一のときはわしらの身代わりになると言ったではないか。お前が酌に出ないなら、わしらの命が取られてしまうのだ」

こう道理につめられると断ることができません。仕方なく銚子を持って出ようとすると主が、綺麗な着物に着替えよと言います。照手姫はきっぱりと、

「遊女ならばそうですが、水仕なればこのままでよろしゅうございます」と断って座敷に出ましたが、目を伏せて一度も相手の顔は見ません。

「常陸小萩とはそなたのことか。常陸の国のいかなるものか。我も常陸の者じゃ、情けをかけよう」

照手姫はこれを聞くと銚子を手放し、強い口調で言いました。

「ご主人に命じられてお酌には参りましたが、情けをかけてなどいただきません」

「まってくれ、これは失礼をいたした。人に身元を尋ねるならば、まず自分から名乗るべきであった。街道を餓鬼阿弥と呼ばれて、土車で運ばれたのはこの私じゃ。熊野本宮の湯に入り病はすっかり平癒した。三日間車を曳いてくれた常陸小萩殿の、御恩に報じるためにここまでやってきたのじゃ。胸の木札はここにある」

「冥土からお戻りになった方ということでしたので、亡くなった夫の小栗殿の様子を教えていただきたい、との一心で車を曳きました。実は私は、相模の国横山の娘照手と申します。常陸の小栗殿という方が押しかけて婿になられ、父に毒殺されました。父は私も殺せ

と命じ、相模の海に沈められかけましたが鬼王、鬼次兄弟に救われ、この宿まで売られてまいったのでございます」

「それではそなたは照手だったか、私は小栗だ」

その時初めて目を上げた照手姫の目に、懐かしい小栗の姿が映り、二人は固く抱き合いました。

小栗は、照手姫を酷使した主夫婦を罰しようとしましたが、照手姫は、

「お二人が買い留めてくださったおかげで再会できたのですから、お助けください」と、とりなしました。

主は喜んで百人の遊女を照手姫の侍女にと差し出しました。

小栗は横山を攻め滅ぼそうとしました。照手姫は、

「昔から親に弓を引くことは禁じられております。どうぞ私に免じてお許しください」と頼みました。許しがたい思いの小栗でしたが、照手姫の思いを尊重しました。

横山は照手姫に深く感謝し、千両の金に鬼鹿毛を添えて差し出しました。

その後、小栗殺害はすべて三郎の企みによるものとして、三郎に切腹が言い渡され、照手姫の命を救った鬼王、鬼次には相模、武蔵が委ねられました。

小栗と照手姫は常陸に戻り、生涯幸せに暮らしたということです。

（終わり）

おわりに

私は、大学生の時からかなり長い間、辞書の編集のお手伝いをしました。三省堂が出版した、時代別国語大辞典「室町時代編」は、国語学の大家、土井忠生博士が編集の中心になられ、お弟子さんである、国語、国文学の先生方が多く携わられました。土井先生が広島にお住まいだったので、編集室は広島に置かれました。私は大勢いた編集補助の一員として、語彙カードの整理、原稿の浄書、原典の照合などにあたりました。辞典はおよそ六十年の歳月をかけて、二〇〇〇年に完成しました。

原典照合でたくさんの資料を扱うなかで、室町時代から江戸時代初期に生まれた短編物語が、読み物としておもしろいことを知りました。編集作業中に全体を読み通すことはできませんでしたが、辞典ができた後に読んでみようと思いました。さらに、読みやすい「再話」として、たくさんの人に紹介したいとも考えました。

「はじめに」で書きましたが、御伽草子と呼ばれる短編物語は、おもに語り物として当時の人々の間に広まっていたようです。そのために異本が多く存在しますが、その中で底本としてどの作品を選ぶか、学習院大学名誉教授・土井洋一先生作成の資料を参考にさせていただきました。

また、底本とした「室町時代物語大成」「説経正本集」を刊行された横山重氏、松本隆信氏、両氏を偲び、その業績に敬意を表したいと思います。

この本が手軽な冊子として、御伽草子に興味を持たれるきっかけになることを願っています。

二〇二〇年八月　畠山　美恵子

参考文献

武田祐吉　久松潜一　吉田精一著「日本文学史」（一九五七）角川書店

市古貞次校注「御伽草子」日本古典文学大系38（一九五八）岩波書店

中島悦次校注「宇治拾遺物語」角川文庫　（一九六〇）角川書店

貴志正造訳「神道集」東洋文庫94（一九六七）平凡社

松本隆信校注「御伽草子集」新潮日本古典集成（一九八〇）新潮社

片岡徳雄著「日本的親子観をさぐる」ＮＨＫブックス（一九八八）日本放送出版協会

岩崎武夫著「さんせう太夫考」平凡社ライブラリー35（一九九四）平凡社

網野善彦　大西廣　佐竹昭広編「いまは昔　むかしは今」全五巻（一九八九～一九九九）福音館書店

池上洵一編「今昔物語集　天竺・震旦部」岩波文庫（二〇〇一）岩波書店

島内裕子編著「日本の物語文学」放送大学教材（二〇一三）放送大学教育振興会

著者紹介

畠山　美恵子

1948年　鳥取市に生まれる

1967年　広島大学附属高等学校卒業

1971年　広島女子大学文学部国文科卒業

星のことづて

御伽草子の再話集

発　行　令和二年十月一日

著　者　畠　山　美恵子

発行所　㈱　溪　水　社

〒七三〇-〇〇四一

広島市中区小町一—四

電話　〇八二-二四六-七九〇九

ISBN978-4-86327-535-5　C0093